三兄弟の僕らは

小路幸也

PHP
文芸文庫

○本表紙デザイン+ロゴ=川上成夫

三兄弟の僕らは　目次

プロローグ

長男　稲野朗

不幸っていうのは幸せじゃない状態のこと。

不運っていうのは運が悪かったっていうこと。

どっちも似たような感じの状態だと思うけど、たとえば犬のうんちを踏んでしまったら、不幸だって嘆くのは大げさ過ぎて、ただ運が悪かったってことになるだろうか。

でも実はそのとき就活中で第一志望の会社の面接に行く途中で、そのせいで遅刻してしまったら、その人は俺は不幸だって思うんじゃないか。

まぁもしもその人が優秀な人間だったら、犬のうんちがついた靴を洗っていたせいで遅刻したぐらいの理由で落とされたりはしないだろうけど。笑われるかもしれないけど。

じゃあ不謹慎(ふきんしん)だろうけど、災害で自宅がなくなってしまったけどちゃんと避難(ひなん)していて、家族全員の命は助かった人は。

不運だろうか。

不幸だろうか。

不運が重なって不幸になってしまったんだろうか。でも命は助かったんだから、そういうときには〈不幸中の幸い〉って言葉があるよね。

不幸なのに幸いなのか。いやどっちなんだ、って真剣に思う瞬間が訪れる人生ってあるもんなんだな、って実感している。

そう、僕は実感しているんだ。

平凡な家庭に育ったそんなに特徴のない普通の男子だっていうのは、自覚はしていた。

父さんは、いや父は、稲野研一（いなのけんいち）は、五十歳で建設会社に勤めるサラリーマンで職種は営業。結構大手の会社で部長だっていうから給料もそこそこ貰（もら）っていたはず。

性格は一言で言えば真面目（まじめ）な人でしかも無口、いや寡黙（かもく）な人だった。

酒は仕事の付き合いで飲んでいたけれどそんなに好きじゃなくて家では一切口にしなかったし、パチンコ・競馬・競輪・マージャンの類（たぐ）いも一切やらないで、唯一（ゆいいつ）の趣味は囲碁（いご）だった。

休みの日にはよく駅近くの囲碁クラブに通って一日中そこで過ごしていた。あ、もちろん僕たち兄弟が大きくなってからは、の話だけど。僕は長男だからよく覚えているけど、小さい頃には休みの日に僕たちをよくどこかに連れていってくれた。

三兄弟で、男ばっかりで、それこそ男臭い家庭の父親だけど、僕たちに手を上げたり声を荒らげて怒るようなことも一切なかった。ちょっと悪いことをしたら、正座をさせてただじっと腕を組んで僕たちを見つめて静かに話して諭すような人だった。

母さんは、稲野麻里五十歳は、基本的には専業主婦だった。

ただ、僕たちの学費の足しにするために、もしくはもう少し暮らし向きを良くするために、駅近くの大型書店でパートをしていたこともある。でもこのパートに関しては、母さんはむしろ喜んでやりたくてやっていたって話していた。

父さんの趣味が囲碁なら、母さんは読書だった。とにかく本が大好きな人だった。本人に言わせれば活字中毒で、そういう人は読むものがないと不安になるらしい。どこかへ外出するときにはバッグの中に文庫本が一冊ないと困る。その一冊が薄かったらもう一冊入れようかどうしようとか思うものらしい。そういう人だったから、書店のパートは確かに好きでやっていたと思う。むしろもっと長くたくさん、つまり本に囲まれている時間を多くしたかったみたいだけど、そこは主婦としても、母としても忙しかったので我慢していたらしい。

父さんとは似た者夫婦らしくて、母さんもそんなにお喋り（しゃべ）な人じゃなかったけれど、僕たちにはよく話をした。

自分が読んだとんでもなくおもしろい本をぐいぐいお薦（すす）めしてきたし、その日に学校であったことや自分で考えたことを僕たちにも喋らせた。話すことが、会話し合うことが子供の教育にもいいって思っていたみたいだった。

その甲斐（かい）があったのかどうか、僕たち兄弟は、よく話す。お喋りってわけじゃないけれど、いろんなことを話していた。会話のキャッチボールを楽しんでいた。コミュニケーションが取れていたと思う。小さい頃から今までずっと。

僕が大学生になるまで、少なくとも社会の仕組みとか大人の事情ってものを朧（おぼろ）げながら理解し始めた小学校高学年から今まで、我が家で大きな問題なんか起こらなかった。

父さんの浮気とか、母さんのホストクラブ通いとか、家庭内ＤＶとか、リストラとか、僕ら兄弟の誰かがグレたとか、大怪我（けが）とか大病とか、もう少しスケールを小さくして兄弟の誰かがとんでもなく成績が悪いとか、兄弟仲が悪くて喧嘩（けんか）が絶えないとか、そういうものはほとんどまったくなかったんだ。ひょっとしたら父さんと母さんの内面には何かあったのかもしれないけど、表にはまったく出てこなかった。

三兄弟の誰かに飛び抜けた何かの才能があったわけじゃないし、誰かがジャニーズに入れるんじゃないかってぐらいにカワイイ男の子ってわけでもない。もちろんお金持ちだったわけでもないから、本当にどこにでもありそうな、中流家庭だった。

平和だったんだ。

そして、平凡だったんだ。

それが一変してしまったのは、僕が大学三年の夏だ。

父さんと母さんは結婚二十五周年の記念日をその夏に迎えた。

そして、僕の二人の弟はそれぞれ高二と中二という年齢になっていた。来年はそれぞれ受験生になる。父さんも母さんも五十歳を過ぎていた。

どっちが言い出したのかは知らないけれど、ちょうどいいタイミングだから結婚記念日に二人で近場の温泉に行って泊まってこようと思うんだって話し出した。

次男の昭は音楽を趣味にしていて、吹奏楽もバンドもやってる。いつも不機嫌そうな顔は真面目な顔をしている父さんによく似ている。「それなら、せっかくだからしばらく旅行でもしてきたらいい」ってすぐに言ったんだ。夏休みだし、留守の間、自分たちのことは自分たちでちゃんとやるから心配するな、って。

じゃあ、って貯めていたお小遣いを出したのは中学二年になっていた三男の幸だ。リトルシニアで野球をやっている。そこそこいい選手らしくて、県内の高校野球の名門校から誘いが来ているほどだ。そして母さんによく似ていつもニコニコしていて、兄弟の中ではいちばんの倹約家で、貰ったお小遣いやお年玉は貯め込んでいたので三万円も持っていた。

そんなに！　って僕と昭は驚いて、自分たちはそんなにないぞ、ってなったんだけど、普段野球用具とかでいちばんお金が掛かっているのは僕だからって。

我が弟たちながら二人とも何て優しい子に育ったんだろうと僕が思ったんだから、父さん母さんもきっと感激していたはずだ。実際、母さんは涙を流していた。

長兄としては、それなら土日と合わせれば二泊三日とか三泊四日ぐらいは出来るだろうから行っておいでよ、と。そして末弟にばかりいい格好はさせられないと、なけなしのバイト代を三万円ほど出さざるを得なかった。

結局、父さんと母さんは伊勢神宮をメインにした観光旅行に出かけていった。最初は新幹線なんかで行こうとしていたんだけど、計算したらその方が安上がりになるだろうし、ツアーじゃないから気軽にあちこち寄れた方がいいからと、車で行ったんだ。

後から言うことじゃないけど、それを聞いたとき、ほんの少しだけ妙な気持ちになったのを覚えている。どんな気持ちだったかを表現するのはちょっと難しい。

とにかく、何かを感じたんだ。そして新幹線でもいいのに、とも思った。

でも、そう思っただけだった。

車の長時間の運転は心配だとか、そんなことは全然考えなかった。父さん母さんも元気だったんだし。

親が旅行で出かけて兄弟だけで過ごす夜、なんていうのは初めてだった。

もちろんもう中学・高校・大学生の男ばかりなんだから、はしゃぐなんてことはなかった。昭と幸には夏休みでも部活やクラブがあったので、当然のように食事係は僕の担当になった。料理なんかしたことない、ってわけでもないし、むしろ得意な方だった。アルバイトでファミレスの厨房をやったことがあるんだ。もちろん本格的な調理なんかしていなかったけれど、基本的なことはわかっていた。

カレーライスやパスタぐらいだったら簡単に作れるし、今は自分で調理をしなくたって、美味しい冷凍食品やレトルト食品がたくさんある。食べ盛りの中高生の男子の腹を満足させるべく、結構張り切ってやっていたんだ。

買い物をして、晩ご飯の支度をして、お風呂を洗って準備して、ついでにちょっと家の中を掃除して。

母さんがやっていたことを、僕がやっていた。そして、昭と幸が帰ってくるのを待っていた。

待っていて、台所でふっと窓の外を見たらもう夕暮れが濃くなっていて。

あぁこれが母さんが毎日見ていた景色なんだな、って思った。ただ思っただけなんだけど、妙にずっとその気持ちが残っていた。

その夜はカレーライスにしたんだ。たくさん作っておけば明日の夜も食べられる。二日続けてカレーにしてもうちでは誰も文句を言わないし、明日の晩にはレトルトのハンバーグも付ける予定にしていた。

「朗にいが作った晩ご飯って、初めてじゃない？」

幸がカレーを口に運びながら言った。

「そうかもな」

昭も食べながら、うん、って頷いていた。美味いってことなんだろう。

「キャンプ行ったときに作っただろ。朝ご飯に目玉焼き」

結構前の話だけど、家族でキャンプに行ったことがある。僕は中学生だった。

「目玉焼きは料理かなぁ」

「目玉焼きも作れない女だっているんじゃね？」

「いるかもな」

そうやって、食卓に父さんと母さんがいない晩ご飯を僕たちは食べていた。母さんからはちょっと前にＬＩＮＥが入っていて、もう旅館に着いていて今頃は温泉に入っているだろう。

そんな話をしながら、初めての兄弟だけの夜を過ごしていた。特別なことをしたわけじゃなく、ただ、母さんがやっていたことを兄弟で分担してやったというだけ。

後片づけは昭と幸がやって、それが終わるとそれぞれに風呂に入って戸締まりを確認して、後はいつものように二階のそれぞれの部屋でいつものように過ごしていた。

一階に誰もいない、というのをほんの少し感じながら。

その電話が入ったのは、お昼をどうしようかなって考えているときだった。午前十一時過ぎ。本当にたまたまなんだろうけど、昭も幸も家にいた。昭の部活である吹奏楽も、幸の野球も休みだったんだ。

家の電話が鳴って、僕が出た。こんな昼間に掛かってくるんだからきっと営業か勧誘(かんゆう)の電話だろうって思いながら。

「もしもし」

受話器から、警察って言葉が聞こえてきた。

その単語を聞いた瞬間に何もかも理解してしまったのも、どうしてなのかはわからない。でも、わかってしまったんだ。

父さんと母さんが死んだんだって。

おばあちゃんは、母方の祖母だ。

母方の祖母、なんて言葉を使ったのも実は父さん母さんが死んでから初めてだった。

坂橋栄枝（さかばしさかえ）、七十歳。

おばあちゃんの年齢をちゃんと知ったのもそう。こんなことになってからだった。

まったく、僕はもう二十歳（はたち）を過ぎて社会的にも大人と認められている年齢なのに、何にもまったく知らないで生きてきた。ボーッと生きてんじゃねぇよ！　って自分で自分に突っ込みたかった。

もう十五年も前に北海道の札幌（さっぽろ）に引っ越しをしてそこに住んでいたおばあちゃんは、僕が電話すると文字通りすぐに飛んできてくれた。

連絡をしたその日に、横浜まで来てくれたんだ。

そして、何をどうすればいいかがまるでわかっていなかった僕たち兄弟に、何もかも教えてくれた。

おばあちゃんにしてみればたった一人の自分の子供が、娘である母さんが先に死んでしまってとんでもなく悲しいはずなのに、そんな様子をひとつも見せずに、ずっと僕たちに寄り添って、そして次に何をするべきかを教えてくれた。

本当に、人が死ぬって大変なことなんだってことがよくわかった。

葬儀の手配から、遺骨をどこに納めるとか、保険の手続きとか、僕たちのものになった家と土地の法的な手続きとか、銀行の口座をどうしたらいいとか。

山ほどやることがあった。どうしてこんなにやることがあるのかってぐらい。本当に皆は家族が死ぬとこんなことをやってきたのかすごいなって驚くぐらいに。

おばあちゃんがいなかったらどうなっていたか。

ひょっとしたら兄弟三人して路頭に迷っていたかもしれない。

昭も、幸も、泣いた。

駆けつけた病院で父さんと母さんの遺体を見たときに、二人とも泣き出した。昭は、声を出して泣いた。幸は、声を出さずにでもぼろぼろぼろぼろ、大粒の涙をずっと流していた。

僕は、泣けなかった。

兄だ、と、すぐに思ったんだ。泣いている二人の弟と一緒に泣いているわけにはいかないってすぐに思ってしまった。妙に冷めていた。

　葬儀の間も昭と幸はずっと涙ぐんでいたけど、僕は泣けなかった。喪主として挨拶とかそんなことばかり考えていたからだ。

　ようやく涙が浮かんできたのは、何もかも終わった日の、夜だ。

　自分の部屋で、ベッドに横になって、これで済ませることは全部済ませたんだなって思って、そしてもう一階に父さんと母さんがいる気配を感じることはないんだって思ったら、涙が出てきた。

　今ごろかよ、って枕に顔を伏せた。そのまま、眠ってしまった。


　両親が事故でいっぺんに死んでしまった僕たち兄弟は不幸になったんだろうか。

　でも、僕たちには家が遺された。

　もう築二十年になるけれど、父さんの勤務していた会社で建てたそれなりに立派な家だ。そういうシリーズのものらしいけどアーリーアメリカン風の、西洋館っぽい外観で庭も裏側に少しある。

　そういう保険があるっていうのを初めて知ったけど、とにかく保険でこの家と土地に残っていた住宅ローンは全部きれいになって、僕らはずっとここに住んでも払うのは光熱費だけ、正確には固定資産税っていうのも払うけど、とにかくガス・電気・水道のお金だけ用意出来ればいいんだ。

僕らの、家だ。

そして父さんと母さんの生命保険の死亡保険金も入った。その金額は、まだ未成年である昭や幸が仮に私立大学に入ったとしても四年間の学費を払って充分にお釣りが来る。さすがに医大とかは無理っぽいけど、昭も幸も医者になる気なんかまるでないしそんな頭脳もたぶんないから大丈夫(だいじょうぶ)。さらにその先に就職出来なくてニートになってしまっても、しばらくは食いつないでいけるぐらいある。そもそも、家があるんだからとりあえず寝るところには困らないだろう。

結構な、っていうか、今までに見たこともない桁(けた)の金額が通帳に記載されているんだ。

つまり、僕らは家持ちで、そしてある程度の金持ちになってしまっている。

「この状態は、不幸じゃないよな」

そう言うと、幸は悲しそうな顔をした。

「でも、お父さんお母さんが死んじゃったその代わりにだよね」

昭も頷いていた。

僕は、長兄という自分の立場を、責任を、嫌っていうほどに感じてしまっていた。理解してしまった。

「親は、順番通りなら僕たちより先に死ぬものだよ」

それが少し早く来てしまったってことなんだ。

一、町内会の班長さんは大変だ

長男　稲野　朗

「おばあちゃんは、そろそろ止めておくれ」

そうおばあちゃんが言ったのは、葬儀が終わって三週間ぐらいが過ぎて、ようやくこれで一段落だって皆で一息ついたその後だ。

うちの町内会の班長は一年毎の交代制だ。それもつい最近知ったんだけど、だいたい十年に一回ぐらい回ってくる計算になる。そして、今年はうちが班長だった。

班長さんのやることは町内会費を集めたり、決められた日に掃除するからゴミをまとめたりとかそんなに大したことはないんだけど、これからそれをどうするかって皆で話していた。

おばあちゃんは、この後どうするの？　って幸が訊いたんだ。

どうするの、っていうのは、この後北海道に帰ってしまうのか、ずっとここに住んでくれるかどうかってことだ。そうしたら、おばあちゃんが言った。

「止めてくれ、って？」

眼を丸くしたのは幸だ。

「あんたたちも、もう保育園の赤ん坊じゃあるまいしね。おばあちゃんおばあちゃんって呼ぶのはないだろう。あたしには栄枝って名前があるんだからね」

そう、おばあちゃんは栄枝さんだ。

「じゃあ、栄枝ばあちゃん？」

昭が言うと、右眼を細くしておばあちゃんはじろりと睨んだ。

「まぁその辺で妥協しておこうかね。まだ成人は朗だけなんだし」

栄枝ばあちゃん、と呼べと。

要するにおばあちゃんなどと子供っぽい呼び方は止めて、ちゃんと一人の人格である名前で呼べってことか、と。

うん、と、昭と幸と顔を見合わせた。

栄枝ばあちゃんといちばん顔を合わせているのは、間違いなく長兄である僕だ。数えてみたら、母さんに話を聞いていたのを合わせると、五回目。

たった一人の祖母なのに、僕ですらそれだけしか会ったことがなかった。そして、それだけだけど、栄枝ばあちゃんは孫を甘やかすだけの優しい甘い祖母ではないことはわかっていた。

栄枝ばあちゃんは、躾(しつけ)に厳(きび)しいんだ。

会いに行っていきなり玄関から駆け込んだら挨拶(あいさつ)がまだでしょう？　って言われる。ご飯を食べているときに姿勢が悪かったら怒られるし、悪い言葉遣(づか)いをするとお尻を叩(たた)かれたりもした。

幸なんか、顔を合わせたのはこれが初めてだ。

北海道に住んでいるから、神奈川県であるこの横浜市から会いに行くのもなかなか難しかったのも確かにあるんだけど、別の理由もある。

昭と幸は知らない。聞かせていない。母さんがそう言っていたからだ。二人には別に教えなくてもいいからねって。

母さんと、栄枝ばあちゃんは、仲が悪かった。

反(そ)りが合わないそうだ。いや、合わなかったそうだ。

たまに、親と仲が悪いって話は聞く。でも、そういうこともあるのかなとは思うけど、感覚的には理解出来なかった。

その話を聞いたのは去年だ。

☆

大学のゼミで北海道に行くことになった。

もちろんゼミなんだからフィールドワークのためであって遊びじゃなかった。行くのも北海道の外れの知床方面だったんだけど、栄枝ばあちゃんが札幌にいる。札幌と知床がとんでもなく離れていることは事前に調べてわかっていたけど、新千歳空港から一度札幌に入る予定だったので、会いに行く時間は取れるような感じだった。

なので、母さんに訊いたんだ。

「おばあちゃんに会ってこようか？」

僕としては、遠く離れて暮らしている栄枝おばあちゃん、つまり母さんにしてみれば母親の様子を見てきてあげようかって気を利かせたつもりだった。そろそろ身体のことや、認知症とかそういうのも心配になる頃だろうと思って。

でも、母さんは苦笑いのような表情を見せて、首を横に振って言った。

「朗が会いたいなら、会ってきてもいいわよ」

その言い方は明らかに何か含みがあるような感じで、ちょっと驚いてしまった。それまでそんな言い方を母さんがしたことなかったから。

「何かあったの？」

訊いたら、母さんは何もないわよ、って言いながらも、少し下を向いて考えた。

考えてから、真剣な顔をして僕を見た。

もう朗には話してもいいかしらって。

「何を？」

大きな溜息を母さんはついた。

「お母さんとおばあちゃんはね、仲が悪いの」

「悪い？」

全然まったくそんなことは感じていなかった。なので、驚いた。

「どうして？」

「どうしてかな」

少し俯き加減で、母さんは小さく呟くように言った。

「その理由は話せないかな」

「話せないって」

深刻なものがあるのは、わかったけど。

「だからって、あなたがおばあちゃんに会いたいって思うなら、それは止めないわよ。あなたのたった一人の祖母なんだから」

「うん」

父さんの方の祖父母はいない。父さんが小さい頃に死んでしまったそうだ。そして母さんの祖父、おじいちゃんも僕らが生まれるずっと前に死んでしまっている。だから、僕たち兄弟にとって祖父母は、本当におばあちゃんだけだったんだ。

「おばあちゃんとはね。もうお互いに死ぬまで会うこともないって思っているの」

☆

実際にそうなってしまったんだけど、きっと思っていた順番とは逆になってしまった。そして仲が悪い理由は結局教えてくれなかった。そのときに父さんに訊こうかとも思ったけど、あまりにも母さんの様子が深刻そうだったので訊けなかった。

今はもう、その理由を知る人はばあちゃんしかいなくなってしまったんだけど、そもそも訊いても、もうどうしようもない。

仲が悪い娘は、亡くなってしまったんだから。もう仲が悪いから会いたくないって思う必要もない。今度会うときはあの世でしかない。

「それで、どうするの栄枝ばあちゃん」

「そうだね」

ばあちゃんが北海道に帰るかどうかって話だった。

「ずっとここにいてくれても全然いいんだけど」

そう言うと、昭も幸も頷いた。

「そうしようよ栄枝ばあちゃん」

どうしようかね、って微笑んだ。

「向こうにだって家はあるからね。どっちにしろ一度は戻らなきゃならないけれどね」

お前たちさえよければって続けた。

「当分の間は、一緒に暮らそうかね。まだ昭も幸も学校があって、おさんどんも大変だろうしね」

「おさんどん？」

「台所仕事のことだよ。家事ってことさ。あんたたち毎日の洗濯や食事や掃除を、自分たちだけで全部出来るかい？　今すぐに」

合わせたように三人で同時に首を横に大きく振った。

「出来ないことはないだろうけど」

「ゼッタイにあっという間に汚れるぜ家の中」

「当番制にすればいいよ」

ばあちゃんは大きく頷いた。

「当然、近い内にそうしてはもらうけど、当面の間は女手が必要だろう」

　いったん何日かは戻るけど、またすぐに準備をして戻ってくるよってばあちゃんは言った。

「栄枝ばあちゃんは、そもそもどうして札幌に引っ越したの？」

　昭が訊くと、ばあちゃんはうん、って頷いた。

「聞いてなかったのかい。麻里に」

　聞いてない、って三人で首を横に振った。

「簡単な話だよ。元々あたしは北海道の札幌生まれなのさ。あんた方のひいじいさんとひいばあさんは、北海道で生まれ育ったんだよ」

「あ、そうだったの？」

　そんなことも僕らは聞いていなかった。

「でも、母さんはこっちで生まれたよね？」

「あたしが横浜に来たのは高校を出てすぐさ。だから、あんた方の知らない遠戚や知人も結構北海道にいるんだよ」

　そもそも僕たちには親戚というものがほとんどいないので、そういう話にもならないんだ。でも、生まれ故郷だからって、年を取ってから帰る理由にはならないと思うし、どうして帰ったかって質問の答えにはなっていない。しかもたった一人い。

で。今住んでいる家だって普通のアパートだ。実家が残っていたってわけでもな
　そこに、母さんが言っていた仲が悪い理由のひとつもあるのかな、ってちょっと
思ってしまった。

「お父さんの親族も誰もいないしね」

　幸が言うと昭も頷いた。

「誰も来なかったよな。っていうか誰も知らないよな」

まったく知らない。父さんの知り合いで葬儀に来てくれたのは、会社関係の人と
友人ばっかりだ。

　栄枝ばあちゃんは、ちょっと表情を曇らせた。

「あんたたちは、それも知らないのかい」

「それもって？」

　やれやれ、って感じでばあちゃんは少し肩を落とした。

「聞かせたくなかったのかね。それとも、誰かこの家を出るときに教えるつもりだ
ったのかね」

「家を出るとき？」

「最初は朗だろうね。大学を卒業して、どこかに就職して一人暮らしをどこか違う

町で始めれば、住民票を移すのさ。独り立ちだね。晴れて世帯主になる。話すとしたら、そのときのつもりだったのかもしれないね」

「何を話すの」

「いろいろと、今回の手続きでお父さんのものを取ったろう？　戸籍謄本。そのときには見なかったのかい？」

「見てない」

いや、正確には見たけれど、ただ見ただけだった。

「これが戸籍謄本ってやつなのか、って眺めただけ」

「そういうところ、朗はぼうっとしているね。気をつけないと出世出来ないかもしれないし、案外大物になるかもしれないし」

「面目ない」

特に大物になろうとは思っていないけど。

「何が書いてあるの？　お父さんの戸籍謄本に」

幸が訊いたら、栄枝ばあちゃんは頷いた。

「孤児だってことだよ」

「孤児」

「あんた方のお父さんは、その昔に捨てられて児童養護施設で育った子供なんだよ。だから、親が誰かも知らないんだ」

「マジ?!」

昭が叫んで、ばあちゃんが睨んだので昭は口を押さえた。悪い言葉遣いをするんじゃありません、だ。

「本当だよ」

「でも、死んだって言ってた」

幸が言う。

「そうしておいたんだろうね。あんたたちが小さいうちは理解するのは無理だったろうし。大人になってから言えばいいことさ。だからどうしたって話だろう? あんたたち、今さら父親が孤児という境遇だったからってショックを受けるかい?」

ショックは、ないか。

昭が頷いた。

「びっくりしたけど、ショックじゃあないな」

「そうだろうよ。境遇はどうあれ、研一さんはいい人だったよ。いい父親だったんだよ。あんたたちを見ていればそれはわかる」

栄枝ばあちゃんが、にっこり笑った。

「三人とも、性格はそれぞれ違うけれど皆いい子に育ってるよ。それは、研一さんがしっかりあんたたちを見ていたからだよ」

僕たちがいい子かどうかはわからないけど、父さんが真面目な人であったことは確かだ。そして、僕らをちゃんと育ててくれたことも。

「もちろん、母さんは知っていたんだよね」

「あたりまえだよ。知らずに結婚出来るかい」

「栄枝ばあちゃんも、知っていた」

当然、って頷いた。

「麻里が研一さんと知り合ったときには、まだあたしと一緒に暮らしていたんだからね。母子二人で」

そう。母さんのお父さんはその頃にはもう死んでしまっていた。それは、聞いていた。でも、急に気になってしまった。

母さんのお父さん、つまり僕らの母方の祖父。栄枝ばあちゃんの夫。

その人のことを僕たちは何も聞いていない。名前すら知らない。死んだって聞いてるけれど、お墓参りをしたこともない。

そして、栄枝ばあちゃんの家には仏壇もない。それを知ってるのは、やっぱり兄弟では僕だけだ。札幌のばあちゃんの家に会いに行った、僕だけだ。

栄枝ばあちゃんは、一度北海道の札幌市にある自分の家へ戻っていった。取るものも取りあえず来ちゃっているから、また荷物を整理して、しばらく自分の家を留守にしてもいいようにしてから、帰ってくるって。

たぶん、二、三日後には戻ってくるから、それまでは三兄弟でうまくやんなさい、って。空港まで三人で見送りに行こうかと思ったけど、そんなことしないでも一人で帰れる、年寄り扱いするんじゃないよって言われてしまった。

本当に元気なんだ。栄枝ばあちゃん。

七十歳のおばあさんってこんなにも元気なのかってびっくりするぐらいに、元気だ。考えてみればこんなにも長い間、お年寄りと一緒にいることなんか今までの人生で一度もなかった。どうやって接したらいいかって悩む部分もこれから出てくるかもしれない。

それでも、三人とも家にいるんだからって荷物を持って駅まで送っていったら、並んだ僕たちを見て栄枝ばあちゃんは思わずって感じで少し笑った。

「きれいな坂になっているね」

「坂？」

坂？　って三人で同じ言葉を繰り返してから、わかった。

あぁ、って頷いた。

「身長のことね」

そうそう、って栄枝ばあちゃんは頷いた。

長男、次男、三男と、今のところ僕たちは年の順に身長が高い。

僕は一八〇センチで、昭が一七五センチ。幸が一七〇センチだ。冗談抜きで、ついこの間、まだ父さんと母さんが生きているとき、身長を測ったら、それこそ本当に図ったように五センチ刻みだった。

だから、横に並ぶとまるでスマホのアンテナみたいになる。

「そのうちに僕がいちばん大きくなるかも」

三兄弟で唯一野球というスポーツをやっている幸が言うと、栄枝ばあちゃんも笑顔で頷いた。

「案外、末っ子がいちばん大きくなるもんだからね」

「そういうもの？」

「あたしの見てきた分ではそうだったね。じゃあね」

「うん」

「すぐにまた戻ってくるから、それまでに三人で町内会の会費の件は片づけておきなさい」

「わかった」

軽く手を振って、和服姿の栄枝ばあちゃんがボストンバッグを持ってホームに消えていくのを見送ってから、回れ右して家までの道を歩き始めた。

「町内会なー」

「班長なー」

「そうだねー」

線路沿いの防風林からセミの声がミンミン響いている。

夏も真っ盛りで、そして三人とも夏休みで、去年までは友達と何をして遊ぶとか、部活とか、バイトのスケジュールのことで頭が一杯だったのに。

今年はまるで違う。

父さんも母さんもいない。

三人での暮らし。

まずは、班長として町内会の会費を集めなきゃならない。たぶん、母さんのやりのこしていた仕事だ。


地図があることはもちろん知っていた。

うちの町内会の地図だ。

台所の冷蔵庫は壁際じゃなくて木の柱の横に置いてあって、それは台所の隣にある洗面所の目隠しにもなっているんだけど、その冷蔵庫の裏側に平らなマグネットで貼(は)ってあった。

ずーっとそこに貼ってあったのは知っていたけど、それが毎年更新されて新しくなっているのも知らなかったし、うちは阿久(あく)二丁目一番地五なんだけど、そこが〈二丁目町内会一班〉に入っていて、一班には全部で十二の家があるなんてこともまったく全然知らなかった。

いやもちろん住所は覚えているけど、そもそも〈自治町内会〉っていうものが何班にも分かれていることさえも知らなかった。

「そんなもんじゃね？　子供なんだからさ」

昭が言って、その地図を冷蔵庫からはがして、台所のテーブルの上に広げた。三人でそれをのぞき込む。

うちの一角のところには、当然〈稲野(いなの)〉って名前が入っている。

「鎌田(かまた)さんと佐川(さがわ)さんだけは知ってるな」

昭が地図を見ながら言うと、幸があれ？　という顔をした。

「向かいの橋本(はしもと)さんも知ってるよね？」

「あ、そうだ。知ってる知ってる」

鎌田さんと佐川さんと橋本さん。両隣とお向かいの家の人だ。お葬式に来てくれていたし、何か困ったことがあったらいつでも声を掛けてねって言ってくれた。今年はうちが班長だってことを教えてくれたのは、右隣の鎌田さんの奥さんだ。

鎌田さんは去年班長で、来年は佐川さんが班長ってことも教えてくれた。つまり班長は一年毎の交代制。一班は十二軒あるから、誰も欠けることがなかったのなら、うちはまた十二年後に班長が回ってくることになるんだ。

一班には他に〈鈴木さん〉〈星さん〉〈額川さん〉〈柴田さん〉〈山田さん〉〈進藤さん〉〈佐脇さん〉〈本条さん〉〈間さん〉がいる。

向かいの〈橋本さん〉は本当にお向かいさんなんだけど、実は住所は一丁目で班が違うんだ。うちの一班じゃない。なかなかこの辺はややこしい。もちろん小学校や中学校の同級生とかがいる家はお父さんやお母さんを知っている場合もあるけど、ここの一班には兄弟三人とも同級生の家はないんだ。先輩のいた家はあるみたいだけど、全然友達付き合いはない。

だから本当に両隣の〈鎌田さん〉と〈佐川さん〉と向かいの〈橋本さん〉の奥さんしか知らない。

「でも顔がわかるのはおばさんだけだよな」

「旦那さんも顔を見ればわかると思うよ。学校行くときとか会うもん」

「お前知ってるの？」

昭が訊いたら、何となく、って幸が頷いた。

「何となくでいいなら、僕は結構顔だけはわかるかもしれない」

「何で？」

五年前までだ。

「ポンタの散歩をずっとしていたからな」

「あ、そうだね」

幸も昭も頷いた。

我が家にいた愛犬の柴犬のポンタ。

僕が生まれたときに父さんと母さんが貰ってきた犬で、それからずっと我が家にいたんだけど、そして結構長寿の犬だったんだけど、五年前に老衰で死んでしまった。

元気だった頃、朝晩の散歩は僕がよくやっていた。やっぱり子犬の頃から一緒にいた僕にいちばん懐いていたからだ。昭と幸にも、もちろん懐いていたから、三人と一匹で公園を走り回ったりもしていた。散歩に三人で一緒に行くこともあったけど、リードを握るのは長男の僕だった。柴犬で力もあったからね。

なので、近所の人とは散歩のときに結構顔を合わせていた。

名前は全然わからないけど、声を掛けてくるのは犬好きな人や実際に犬を飼っている人ばかりだから、皆がポンタのことを知っていた。

「そういえば、ポンタが死んだ後に声を掛けられたこともあったな」

「そうなんだ」

「『ポンタちゃんは最近どうしたのー』ってさ。死んじゃったって言ったら淋しがっていた」

何人かいた。三人か四人か。全員犬を散歩中のおばさん、いや奥さんばかりだ。住宅街で犬を飼っている家って、やっぱり主婦か子供が散歩させることが多いんだと思う。旦那さんが会社員である場合が多いからだろうな。

「それが誰なのかはわからないんだね」

「わからないなー。顔は何となく覚えていたけど」

そういうものなのかもしれない。そしてこの同じ一班の人たちも、きっと何人かはポンタと一緒に散歩していた僕のことを知っているはずだ。

「まぁそれはいいとして、これだよな」

昭が言う。

領収書とリストのような紙。

〈二丁目町内会一班〉って紙が貼ってあった紙袋の中に入っていたんだ。そこには他にも町内会の議事録や班員リストや予定表や回覧板に使用するファイルや、要するに〈班長〉に必要なものが一式入っていた。

「一年間で四千円」

それが町内会費だ。

この町内会費を、うちを含めて十二軒分集めなきゃならない。集金するのは毎年のことだし、事前に回覧板で何日ぐらいから集め始めますって回っていたみたいだから、領収書とハンコを持って直接回ればそれでいい。ほぼ全員がきちんと四千円払ってくれるはずだ。そういうのも鎌田さんが教えてくれた。

ほぼ、っていうのがちょっと気になったけど。

「結構するんだね。町内会費って」

幸が言う。確かに四千円は結構な額だ。特にまだ中学生の幸にとっては。でも一年間で四千円だから月にすれば三百円ちょっとだ。

「この他にもうちが集めるわけじゃないけど、お祭りのときの神社への寄付金とか赤十字の赤い羽根とか、なんだかんだかかるらしい」

「町内会費って、何するお金なんだ？」

昭が顔を顰(しか)めた。

「町内の街灯の補修をしたり、ゴミ収集する所のゴミ箱を新しくしたり、歩道のところの草を刈ったり花壇(かだん)に花を植えたり、だってさ」

それも鎌田さんに教えてもらった。教えてもらわなくても会議の議事録には全部書いてあったけど。

「要するに、子供にもわかりやすく言うと、同じ町で一緒に暮らす人たちが気持ちよく快適に過ごせるように共同のところは皆でちゃんとしましょうってことだ。それが、町内会の活動だ」

おおー、って昭が手を叩(たた)いた。

「めっちゃわかりやすい。そういうことか」

「そういうことだ」

そして班長っていうのは。

「クラス委員長みたいなもんだ。皆のために雑用をこなすんだよ」

じっとリストを見ていた昭が何かを指差した。

「これは、何?」

※印が書いてある。リストの佐脇さんのところだ。

「それはな」

昭と幸を見た。

「直接口に出したり広めてはいけないけど、この佐脇さんが」

「要注意人物ってことか」

昭はそういうところ鋭い。

「その通り」

「町内会費を払わないとか？」

幸が言う。

「必ずしもそうじゃないみたいだけど、とにかくいつ行っても留守だったり、会えても払わないって言ったらすぐに会長さんに連絡してくれって。後は会長さんに任せればいいからってさ」

なるほどね、って二人して頷いた。

「どうする？　僕が一人で回ってきてもいいけど」

「いや、一緒に回るよ」

昭が言うと、幸も頷いた。

「たぶん、班長はまた回ってくることもあるかもしれないよね？」

幸はまだ十四歳。十二年後でも二十六歳だから、この家にそのまま住んでいる可能性は充分にある。

「そもそも俺らだって、十二年後まだここに住んでる可能性だってあるよな」

「そう思いたくはないけどね」

十二年後の僕は三十三歳だ。その年で実家に住んでいるって、ちょっとまずいんじゃないかって思う。

いや、いろんな事情や人生があって住んでいるかもしれないし、それならそれでもいいんだけど。

☆

栄枝ばあちゃんがうちで過ごす部屋を片づけておこうとした。

今までは客間に使っていた二階の洋室に寝泊まりしてもらったんだけど、しばらくの間ずっといてくれるんだから、年寄りに二階を使わせるのはなんだし、ばあちゃんはベッドじゃない方がいいって言うので一階の母さんの部屋を使ってもらうことにした。本棚が壁一面にある部屋で、部屋の半分が畳敷き（たたみじき）なんだ。母さんはそこで畳に座って本を読んだり、壁際の小さな机で趣味の刺繍（ししゅう）をしていた。

母さんのも、父さんのもそうなんだけど、それぞれの部屋も寝室も全部そのままだ。ほとんど何も片づけていないし、片づけられない。

それは別に慌（あわ）てて片づける必要もないんだから、どうするかは三人で話し合いながらゆっくり考えようと思ってる。栄枝ばあちゃんもそう言っていた。ただ、二人の服だけはちょっと早めにどうするか考えた方がいいって。

確かにそうだ。父さんのパンツとかをいつまでもタンスに入れておいてもそれは本当にどうしようもないんだ。いくら男同士だからって使っていた下着を自分たちで使うわけにもいかないし、さすがに使いたくないし、いちいち虫干しするのも面倒だし。スーツとか、セーターとか、ジーンズとか、そういうもので自分たちでも着られそうなものは順番に分けていこうかなって思ってる。

ただ、いくら母親のものだったとはいっても、女性の下着なんかを片づけたりはちょっとあれなので、その辺はばあちゃんに始末してもらおうって思ってる。

二人が普段使っていたもの、鞄とか財布とかそういうものは、事故のときにほとんど燃えてしまったり汚れてしまったりしていた。少しだけ残っていたものがあって、それはたぶんだけど警察でビニール袋に入れてくれて、そのままになっていた。

母さんの部屋に置きっ放しになっていたそれも、片づけることにした。残っていたもので使えるのは、家の鍵が付いたキーホルダーぐらい。スマホも財布も何もかも、ゴミにしか見えないぐらいになっていた。

「ゴミとして捨てるってのもね」

「取っておこうよ。このまま何か箱に入れてさ」

幸が言って、そうだな、って三人で頷いた。父さんの革の財布は半分だけ焼け残っていた。

「これさ」

昭が指差した。

「財布ん中の、チケットの半券なんだよな。Jリーグの」

「サッカーの？」

見えているのは確かにチケットの半券っぽいもの。でも、取り出したらそのまま崩れ落ちそうで取れない。

「父さん、サッカーなんか観に行ったの？」

「知らない。でもほら、J1リーグって書いてある」

「ホントだな」

父さんがサッカー好きなんてまったく知らないし、話題にもなったことがない。

「会社で席を取ってあったのを観に行ったとかかな」

「そうかもね。そういうのあるし」

僕たちの父親と同時に会社員でもあったんだから、僕たちの知らない付き合いもあったんだろうと思う。

とりあえず母さんの部屋の畳の上に積んであって本棚にも入らない本とか、机の上の刺繍の道具とか、その他のよくわからないものも全部二階の客間にまとめて運んで置いといた。ベッドの上の客用の布団(ふとん)を下に運んで、栄枝ばあちゃんがそこできちんと過ごせるようにしておいた。

栄枝ばあちゃんがまた家に来てくれたのは、一度北海道へ戻ってから、二日後の夕方だった。

連絡くれたら迎えに行くって言っといたのに、また一人で大きなボストンバッグを提(さ)げて帰ってきてくれたんだ。

「そうかい。町内会費を集めたのかい」

「集めたよ」

夜、晩ご飯を作り出す頃の時間がいちばん皆が家にいるんじゃないかってことで、三人で昨日の夜に回ってきたんだ。

「〈鎌田さん〉〈佐川さん〉〈鈴木さん〉〈星さん〉〈額川さん〉〈柴田さん〉〈山田さん〉〈進藤さん〉〈佐脇さん〉〈本条さん〉〈間さん〉と、全部回ってきた。お金も前期後期四千円分貰ってきた」

それは封筒に入れてリストと一緒に副会長さんのところに持っていくんだ。副会長さんは一丁目にいる荻原(おぎわら)さん。

「ただね、一人だけ払ってくれなかった」

言うと、ばあちゃんは顔を顰(しか)めた。

「その」

リストを指差した。

「佐脇さんというお人かい」

そうそう、って三人で頷いた。

「どんな人だったんだい。朗が話したのかい？」

「うん」

基本的に僕がインターホンを押して話して回った。僕の後ろで昭が領収書に金額を書き込んで、幸は貰ったお金を封筒に入れていた。

「年齢は、四十代かなぁ。そんなに年寄りじゃなかったけど、ちょっと気難しそうな」

「普通のおっさんだったよ。背もそんなに大きくなかったし、いかにもサラリーマンって感じの」

「『町内会の稲野ですー町内会費を集めに来ました』って言ったらさ。いきなりドアが開いて『俺は町内会に関係ないから』って少し怒ったみたいに言って、それでドアを閉められた」

取りつく島もない、っていうのはああいうのを言うんだなって生まれて初めて思った。栄枝ばあちゃんは、ふぅん、って唸って少し首を傾げた。

「何かトラブルがあったのかね」

「その辺は聞いてないけど。でもまぁ、後は会長さんにお任せすればいいのかなって」

うん、ってばあちゃんは頷いたけど、何かに気づいたみたいに幸を見た。

「どうしたい、幸。何か言いたいことあるのかい」

「うん」

幸が小さく頷いた。

「え、何かあった？」

幸は後ろにいたから佐脇さんの顔も見ていないはず。

「あのね、佐脇さんって、野球好きじゃないのかなって」

野球好き？

昭と二人で顔を見合わせてしまった。

「そりゃあ、おっさんだから野球は好きかもしれないけど、何でそう思ったんだ？」

昭が言う。

「玄関脇にさ、傘立てみたいなものがあったよね」

「あったね」

どうして傘立てを玄関の外に置いてあるのかよくわからないけど、あった。

「ぼろぼろのビニール傘が一本あったよね。僕も不思議に思った」

幸が頷いた。

「あの中にさ、ボールが一個あったんだ」

「ボール？」

「ボールって」

「野球のボール。しかも硬球。使い込んだ感じの古い硬球」

硬球か。

「硬球ってのは、あれだね。高校野球やプロ野球で使っている硬い球のことだね」

「そう」

幸がばあちゃんにむかって微笑んだ。

「僕たちも硬球を使っているんだ」

「それは気づかんかったけど、硬球持ってるってことは野球やってたのかな」

昭が言う。

「たぶんね。佐脇さんところには子供も奥さんもいないって鎌田さん言ってたから」

本人のものだと思う。そして硬球を持ってるってことは、間違いなく野球好きか経験者だ。

「そうだと思うんだ。あんなふうに使い込まれたボールがあるってことは、ただの野球好きの人じゃなくて、経験者だと思うんだ」

「硬球ってことは、少なくとも高校野球経験者か」

「たぶんね。僕みたいにリトルからシニアっていうのも考えられるけど」

「何だよ。野球好きに悪い奴はいないって言いたいのか？　そんなことないぞ幸」

　昭が言うと幸が頷いた。

「そんなこと思ってないけどさ、でもね」

「気になることがあるのか？」

　訊いたら、うん、って幸が言う。

「前にね、まだ小学校の六年生のときだから二年前だよ。練習終わって着替えないでユニフォームのまま帰ってきたときに、家に入れなかったことがあるんだ」

「へぇ」

「いつだよ」

「夏休みの前の日曜日だった。後から聞いたらお母さんが僕の帰る時間を間違えててさ、買い物に行っちゃったんだよね。そして僕は家の鍵を持っていなかったから」

そんなことがあったのか。

「僕と昭は？　いなかったのか」

いなかった、って幸が頷く。

「朗にいも昭にいもそれぞれにどっか行ってた。お父さんはいつものように囲碁クラブに行ってた。その頃はまだスマホも持ってなかったしさ、家の周りをうろうろして窓が開いてないかどうか調べたんだけど開いてなかった」

「窓から入ったことあったよな俺」

昭が笑った。

「あったあった。母さんが怒っていたよな」

「そんなことしたのかい」

「したんだ」

昭が笑ってばあちゃんに言った。それこそ昭も小学校のときだった。同じように鍵がなくて家に入れなくて、トイレの窓の鍵が開いていたんだ。どうやったらあんな細い窓から入れたんだって思うけど、入った。

「もう出来ないな」

「するなよ。それで？　入れなくてどうしたんだ」

「しょうがなくて、公園に行って一人でキャッチボールしてたんだ」

公園は二丁目の真ん中にある〈すずかけ公園〉だ。結構広くて、僕が小さい頃にはそこでフリーマーケットとかやっていたこともあった。

「一人でキャッチボールなんか出来るのかい？」

「出来るよ。キャッチボールっていうか、思いっきり空に投げて、それを自分で取りに走るんだ」

「それは、出来るな」

実は僕も昭も野球には興味が全然なくて、キャッチボールなんか何回かしかやったことないけど、幸の試合とか練習とかは観ているから、わかる。

「そしたらさ。公園の脇の道を通りかかったおじさんが、どうしたって声を掛けてきたんだ。どうして一人で公園にいるんだって」

おじさん。

「え、じゃあ、そのおじさんが佐脇さんって話なのか？」

「たぶん。佐脇って言ってたような気がする」

「気がするのか」

「そこはあんまり覚えてないんだけど、確かそこの家の、同じ町内の〈佐脇〉だって言ったと思うんだ。そして、一緒にキャッチボールをしてくれたんだよ。そのボールがさ、明らかに経験者のすごいスナップの効いたボールだったんだよね」

「スナップってなんだい」

ばあちゃんが訊いた。

「あぁ、こう手首の動きを効かせる投げ方で、つまりそれが出来るのは野球経験者ってこと」

そういうことなんだろう。

「じゃあ、佐脇さんは子供好きで野球好きのいい人だってことか」

昭が言う。幸が、たぶん、って頷いた。

「三十分ぐらい、一緒にキャッチボールをやってくれた。すごく楽しかったんだよ。本当に、明らかに野球が上手い人で、本格的なキャッチボールが出来て嬉しかったんだ。それで、そろそろお母さんが帰ってきたかもしれないって、ありがとうございますって言って家に帰ったんだ」

「麻里は戻ってたのかい？」

「戻ってた。そしてお母さんにはそのことを話したから」

幸が一度言葉を切った。

「そのときに、確か『佐脇さんって人にキャッチボールをしてもらった』ってお母さんに言ったはずだから、お母さんが生きてたら覚えていたかも」

ばあちゃんと、昭と、顔を見合わせて頷いた。きっと母さんなら覚えている。そして、きっと母さんなら佐脇さんのところにお礼を言いに行ったはずだ。息子と遊んでくださってありがとうございましたって。

そうか。そんなことがあったのか。

「たぶんそう。佐脇さんは野球経験者だよ」

「気になるのかい。佐脇さんがどうして要注意人物になっているのかって」

ばあちゃんが優しい笑顔で幸に訊いた。

「気になるっていうか、どうして同じ町内に住んでいるのに、他の人との付き合いをまるで考えないのかなって。何でかなって。僕とキャッチボールしてくれたときには、ずっとニコニコしていたのに」

「幸は、優しい子だね」

栄枝ばあちゃんが言って、僕も昭もそう思っていたので、頷いた。

本当に小さい頃から幸は優しい男の子だったんだ。そんなに優しくて、敵との戦いでもある野球っていうスポーツの世界でやっていけるのかって思うぐらいに。まあまだ少年野球なんだからそんなこと考えなくてもいいんだろうけど。

ばあちゃんが、幸に向かって言った。

「いくら近所に暮らしているからって、それこそ隣同士だからって、仲良くやっていけるとは限らないし、無理にそうする必要なんかない。それはわかるよね」

「うん」

わかるね、って幸が言って、僕も昭も頷いた。たとえば同じクラスだとしても、全員が必ず仲良くしなきゃならない、なんてことはない。もちろんあえて喧嘩する必要はないけど。

「ただ、まぁ」

ばあちゃんが続けた。

「仲が悪いより、仲良くなった方がいいに決まってる。それもそうだろう？」

僕らの顔を見たので、頷いた。

「確かに」

そうだ。何年も、下手したら何十年も近くに住んでいるのに、仲が悪いよりは仲良しになった方がいいに決まってる。

考えてしまった。

「いくら町内会にも参加しないような人でもさ、同じ町内の、すぐ何軒か向こうの夫婦が事故で死んだって話ぐらいは、どっかで聞いているんじゃないかね」

ばあちゃんが言うので、たぶん、って頷いた。

「そうだね」

日曜日は、明後日か。

「幸、日曜日は練習か？」

「練習はあるよ」

「練習には少し遅れることにして、佐脇さんの家に行ったらどうだ？」

「まさか、ユニフォーム着て、ってか」

昭が顔を顰めた。

「そんなことする必要あるか？　別に俺らが佐脇さんに気を遣う必要なんかまるでないじゃん」

「でも、幸は気になるんだろう？」

「うん」

「キャッチボールをしたとき、楽しかったんだもんな。嬉しかったんだろ？　父さんもキャッチボールは下手だったから」

幸が笑った。

「そうだね。すっごい下手だった」

どうして運動音痴の父さんから幸みたいな子供が出来たのかわからないけど。

「ユニフォーム着てさ。頼んでみるか。町内会費、払ってくださいって」

「そして、キャッチボールしませんかって言ってみる」

それもいいんじゃないか。

☆

君か、って佐脇さんは言ったんだ。

ユニフォーム姿の幸を見て。そして僕と昭も一緒にいるのを見て、少し驚いた顔をしていた。

そして、知っていたって。三人兄弟の家の両親が事故で死んだってことを。僕たちが三人で暮らすなんて考えてもいなかったなって。

偉いな、って少し微笑んでくれた。

幸が、キャッチボールしませんかって言ったら眼を白黒させてたな。

何で？　って。でも、幸がボールを渡すと、そのボールを握ってじっと見つめていた。

やってくれたんだ。キャッチボールを。何年ぶりかだって。キャッチボールしながら、高校球児だったんだって話もしてくれた。

そして、後から町内会費も払いに来てくれた。

どうして今まで拒否（きょひ）していたのかは全然訊いていないし、佐脇さんも話そうとはしなかったけどさ。

「いいんじゃないかね」

　栄枝ばあちゃんはそう言っていた。

「何もかも知ることがいいなんてことはないしね」

「そうだよね」

　知らないでいた方がいいことだってある、と、思う。

「何よりも、佐脇さんがキャッチボールをしてくれたってことは、優しい人なんだってことだろう？　それがわかっただけで、いいご近所付き合いが出来るってもんじゃないかい」

　そう思うよ。

二、遺されたものの整理は

次男　稲野昭

大学生はいいなーって思った。

何たってバイトが自由に出来る。大学の授業、あ、講義か、それにちゃんと出ていれば、後は朝でも昼でも夜でも全部自由なんだからさ。

高校は、不自由だ。

基本的にうちの学校はアルバイト禁止。隠れてやってる奴がいないこともないんだけど、見つかったときには思いっきり停学を喰らったりする。親が呼び出されてめっちゃ怒られる。余程の事情があれば別らしいんだけどさ。そしてなぜか新聞配達はオッケーらしいんだけど、新聞配達とその他のバイトの差は何だって思うよな。

まぁ、俺の場合はもう呼び出される親はいないんだけど、その代わりにきっと栄枝ばあちゃんか、ひょっとしたら朗にいが保護者ってことで呼び出されるんだろうな。朗にいは大学生だけど二十歳(はたち)過ぎてるから。

だから、バイトは出来ない。したことはない。

今までもおふくろから貰(もら)う毎月のお小遣(こづか)いだけでやってきたけど、今は朗にいから貰うようになってる。

本当は朗にいも、そんなのメンドくさいから遺産っていうか、遺(のこ)されたお金をきれいに三等分して銀行口座に入れて好きなようにやれ、って言いたいんだろうけど、そうはいかない。

末っ子の幸(こう)はまだ中学生だ。中学生にそんな大金を持たせられないよな。や、俺もそんなの持たされてもちょっと困るかもしれないけどさ。あっという間に全部使っちゃいそうで。使わないけどさ。たぶんだけど。わかんないけど。

朗にいは、基本的にマジメだ。

幸もそうだ。

二人ともマジメな男の子だって思う。

学校をサボったり親に反抗したり夜中に出ていったりしない。親に心配なんか掛けたりしない、いや、しなかった子供。もうすることも出来ないんだけどさ。

俺も別にそんなに悪いことなんかしないけど、してないけど、二人よりは、マジメじゃない。

「そうなのかい」

「たぶん」

栄枝ばあちゃんは、Tシャツをハサミで切りながら、ニヤリと笑う。

親父のタンスからたくさんTシャツを出してきて、何をするのかと思ったら手伝えってさ。捨てないで切って雑巾にするって。普通の大きな雑巾じゃなくて、ちょっとした狭いところを拭いたりするのに、Tシャツを切ったものって便利なんだってさ。

たとえば洗面所やお風呂場の蛇口のところとか、サッシの窓枠とか、そういうところ。教えられて、へー、って思って、ちょっと台所の蛇口のところをTシャツを切った布で拭いてみたらなるほどねって思った。確かに大きい雑巾よりもはるかに拭きやすい。Tシャツって柔らかいしな。

「そういうところってあれだよね。水垢とかつくんだろ」

「そうだよ。よく知ってるね」

「これは、おばあちゃんの知恵袋だ」

「誰でも思いつくことだよ。ちょいと気を回せばね」

土曜の夕方。

幸は野球に行ってる。

朗にいはコンビニでバイトだ。

朗にい、前は晩飯の時間にもバイトしてたけど、ばあちゃんに晩ご飯は一緒に食べた方がいいって言われてそうしている。今まで、じゃないか、親父とおふくろが生きてたとき、そして朗にいが高校生の頃はそうやっていたみたいに。

今は、三兄弟で過ごす時間を増やした方がいいってさ。どうせ朗にいが大学を出てどっかに就職したら、俺もどっか違う町の大学とか行ったら、この家を出ていくかもしれないんだからって。

まぁ、栄枝ばあちゃんの言いたいことはわかった。親父とおふくろがいっぺんにいなくなっちゃったんだから、少しでも三人で仲良く過ごす時間を増やしておけってことだ。仲が悪いわけじゃないけどさ。

「それで？」

「それでって？」

「昭(しょう)はどんな悪いことしてきたんだい」

そんなの。

「話したら、バカじゃないか。カッコ悪いじゃん」

「自分のしてきた本当に悪いことを自慢したら本物のバカだけど、昭はそんな悪いことはしてないんだろ？」

「してないよ」

たぶん。

「じゃあ、兄や弟とはちょっと違う自分を、祖母に教えてくれてもいいじゃないかね。今までほとんど話したこともない、老い先短い祖母にさ」

「そんなこと言うなよ。まだまだ長生きするだろ」

あぁ、ってばあちゃんは苦笑いした。

「ブラックジョークだったね。ごめんごめん」

あたしはまだ長生きするよって笑った。

「身体はこの通り元気だからね」

そんな感じなんだ。栄枝ばあちゃん、言うことは全然ボケてないし、身体もシャキシャキ動いてるしめっちゃ元気だ。

「結構、授業サボってる」

ほぅ、ってばあちゃんは口を開けた。

「サボって何をしてるんだい」

「何も。屋上でボーッとしたり」

「学校の屋上なんて、今は行けないんじゃないのかい？　ほら自殺防止とか」

そうでもないんだ。

「うちの学校は古いからさ。簡単に行けるんだ」

「鍵が掛かってるんじゃないのかい」

　それが、おかしいんだけどさ。

「合鍵っていうのが、代々伝わっていくんだ」

「伝わる？」

　笑っちゃうんだけど。

「俺の場合は、吹奏楽部の先輩から貰ったんだ。屋上の合鍵。ゼッタイに他の奴に渡すなって」

　俺が卒業するときに、こいつって決めた後輩に渡せって。

「そんなのがあるのかい」

　ばあちゃんが本当に可笑しそうに笑った。

「昭はどうしてその先輩に貰ったんだい」

「同じバンド仲間だったから」

　あぁなるほど、ってばあちゃんが頷く。

「楽しい話だけど、先生に見つかったら怒られるだろう」

「もちろん」

　だから、屋上への階段を昇って行くにも細心の注意を払うけどね。

「屋上でボーッとしてるだけかい。何かを考えているんじゃないのかい」

ばあちゃんがチョキチョキと勢い良く切っていくTシャツを、俺は言われた通りに畳んで箱に入れていく。

「まぁ、iPhoneで曲聴いたり、歌詞を書いたりもしてる」

うん、ってばあちゃんは頷いた。

「昭は音楽をやってるんだよね」

「やってるよ」

「入ってる部活も吹奏楽部だね」

「それは、助っ人みたいなもん」

「助っ人とは、なんだい」

「ギターとかドラムとかベースとか、バンドでやるような楽器が必要な曲だけ参加してるんだ。バンドってわかるよね。ロックバンド」

もちろんさ、って栄枝ばあちゃんが頷いた。

「わかってないね昭。あたしは、ビートルズが来日したときには十八歳の高校生だったんだよ？」

「マジか」

ばあちゃんがジロッと睨んだけど、すぐに笑った。

「まぁお前はロックな男なんだよね。真面目にだよ」

びっくりだ。

「栄枝ばあちゃん、ビートルズを聴いていたの？」

「ビートルズどころか、プレスリーは知ってるかい？　エルヴィス・プレスリー」

「知ってるよ」

そんなに聴いてるわけじゃないけど、名曲がたくさんある。

「アメリカやイギリスのポップスなんて、あたしたちは普通に聴いていたよ。もちろん、ジャズもロックもね。お前にしてみれば、あたしはただのおばあちゃんだろうけどさ」

今のお前たちが音楽を、ロックとかやっているんなら、その大本になった音楽を栄枝ばあちゃんの世代はずっと聴いてきたんだって。マジでびっくりだ。

「栄枝ばあちゃんたちは、演歌しか知らないかと思ってた」

「まぁそういう人も確かにいるだろうけどね。洋楽が大好きだった人だってたくさんいるさ。日本のアイドルには興味がないのかい昭は」

「別にドルおたじゃないけど、そこそこ普通に聴くけど」

「なんだいドルおたって」

「アイドルおたくのこと」

なるほど、って頷いた。

「じゃあ、大昔のアイドルなんかは知ってるかい？」

昔のアイドルか。

「なんだっけな。そう、山口百恵(やまぐちももえ)は知ってるよ。あと、ピンク・レディーとか中森明菜(なかもりあきな)とか。皆カラオケで歌ったりしてる」

「山口百恵がデビューしたときは、あたしは二十五歳だよ。彼女は本当に歌う才能があったよね」

「すげぇ」

そうか。栄枝ばあちゃんってそういう時代の人だったのか。そうだよな、ロックだって歴史があるんだからな。

「そういえば、おふくろは浜田省吾(はまだしょうご)が大好きだったよ。知ってる？」

「浜田省吾さんねぇ。名前は聞いたことあるよ。ヒット曲あるんだろう？」

「ある」

「じゃあ、それでも聴けばわかるかもしれないね」

「あ」

びっくりした。

浜田省吾さんねってばあちゃんが言いながら広げてハサミで切ろうとしたのは、

その浜田省吾のロゴ入りTシャツだった。

俺が声を出したので、ばあちゃんは切るのを止めた。

「それ」

広げたTシャツを上に持ち上げて、栄枝ばあちゃんがじっと見た。

「浜田省吾って書いてあるね。これはあれかい、ツアーTシャツとかいうやつかね」

「そうかも」

「研一さんも浜田省吾さんを好きだったのかい」

どうかな。親父が音楽を聴いてるところなんか、見たことないし、ライブとかに行ったこともないと思うけど。

「おふくろが買ってきて、親父に着せたのかな」

「そうかもしれないね。あの子も若い頃はコンサートとかに行っていたしね」

「あー、あったかな」

小さい頃だけど、おふくろが一人でコンサートかライブかなんかに行ったことがあったような気がする。そのときは、親父が晩ご飯を作ってくれたんだ確か。

「親父がご飯作るって滅多になかったから、覚えてる」

「研一さんは、そういうのに行かなかったのかい」

「まったく。あの人は囲碁しか趣味なかったし。遅くまで帰ってこなかったり、家にいないのはせいぜい出張のときぐらいで、年に一回とか二回とか」

そんなものだったはずだ。

「服だって、おふくろがよくユニクロとか買ってきてた」

自分で選ぶなんてこともしなかったはずだ。

不思議だ。どうしてそんな話をしたときに、こういうTシャツが出てくるんだろう。

「ものすごいタイミング」

ばあちゃんが、ゆっくりとTシャツを下ろした。

「そういうものだよ。案外、麻里がこれは切ってくれるな、って昭に言ってきたんじゃないかね」

おふくろが。

「幽霊とか魂とかそういう話？　そういうものなん？」

少し首を傾げて、ばあちゃんは息を小さく吐いた。

「昭は、お父さんとお母さんがいなくなって、悲しかったり、淋しかったりするかい」

それは、もちろん。びっくりしたし、泣いたし。恥ずかしいけど。葬式では泣かないようにしたんだけど。

「高校生にもなって、男が、親が死んじゃって淋しいって言っちゃうのもどうかって思うけど」

　そうかい、ってばあちゃんは頷く。

「どう感じるかはもちろんその人の心持ち次第、自由だよ。泣こうが、反対にまったく涙が出なくたっておかしく思う必要はない。供養(くよう)、って言葉を知ってるかい」

　くよう。確か供養って書くんだよな。

「知ってるような知らないような。お葬式とかがそうなんだろ？」

「そうだね。元は仏教の言葉だけどね。死んでしまった人やこの世から消えていくものたちに対する、残された者の気持ちのことだよ」

「気持ち」

「冷たい言い方だけど、死んじまった人間はもう何も感じないし思わないいんだから、葬式も何もしないでも全然いいんだよ。そうだろう？　死んじゃった人間は、この世にはもういないいんだからね。怒らないし、それこそ泣いたり恨(うら)んだりもしないさ」

　まぁ、一応はそうだよね。

「可哀想(かわいそう)とか、バチが当るとか、幽霊とか、鎮魂(ちんこん)とかわけのわからないものをそういう言葉で表現したり、呼んだりしているのは、この世に残された人間の方なのさ。残された者が自分の気の済むようにやるのさ。つまり、供養ってのは全部自分のためなんだよ」

　だからね、ってばあちゃんは続けた。

「昭が、このTシャツを切らずに残しておいた方がいいと感じるんなら、そうしたらいいんだ。その気持ちに誰も文句を言わないし、それが供養ってもんだよ。さっき言ったように、麻里がこれは切らないで取っておいてくれって言ってるような気がするんだったらね」

　つまり、って言ってから少し考えるように間を空けた。

「残された者が、これからの日々を過ごしたり、何かを進めていくためにするのが供養ってもんなんだよ」

　気が済むようにか。

　だから、墓参りとかしたりするのか。

「栄枝ばあちゃんは？」

「あたしも、文句を言わないよ。このましまってもね」

「違う。俺がこのTシャツも切っちゃって雑巾に使っていいって言ったら、切っちゃう？」

迷わないで、うん、って栄枝ばあちゃんは頷いた。

「あたしは、切るよ」

切るのか。

「浜田省吾さんの話をしたときに、このTシャツが出てきた。あぁきっと麻里がこの話題をここに持ってきてくれたんだな、昭との思い出をあたしに作ってくれたんだな、って思うからね」

「思い出」

そうさ、ってばあちゃんは頷いた。

「このことがあったから、この先、あたしが死んでも昭は浜田省吾さんの名前を聞く度に、今日のことを思い出すんじゃないかい？　そうして死んじまったあたしのことも思ってくれる。思い出してくれるってものさ。あぁ、あのときばあちゃんはまだ元気だったな、こういう話をしたよなってね。それは」

にっこり笑った。

「今のあたしが思いつく最高の供養になるね。あたしは今ぽっくり逝ってもいいよ。孫とそんな思い出を持てたなんて最高じゃないかね。そして、親より先に死んじまった親不孝者の娘の麻里が、せめてってそんなふうにしてくれたんだね、って思って、それも麻里への供養になるよ」

なんか、すっごい。

「すっきりしたよ、栄枝ばあちゃん」

「そうかい」

すっきりはっきりした。

そうか、供養ってそういうことか。死んじゃって、葬式とかして、皆が泣くのはそういうことか。

自分で、気の済むようにその人を見送るってことでいいんだ。

「幸もさ、すごく泣いていたんだ」

「そうだね」

本当にずっと泣いていた。眼を真っ赤に腫らして。男のくせにそんなに泣くなよって思ったけど。

「それは幸なりの供養だったんだ」

うん、って栄枝ばあちゃんは頷いた。

「朗にいはさ、忙しくて全然泣けなかったってちょっと困っていたんだけどさ」

「それで済むんならいいし、そのうちに自分でカタをつけるときが来るのかもしれないし。どっちにしても朗はもう大人なんだから、自分できっちり供養出来るときが来るよ」

はーって、大きな息が出た。

溜息。

この、浜田省吾のTシャツ。

「栄枝ばあちゃん、切っちゃおう」

「いいのかい？」

「うん」

いいんだ。

栄枝ばあちゃんと、初めてこんなに長く話をしているときに、こんなふうにこのTシャツが出てきた。

「おふくろが、俺と栄枝ばあちゃんの思い出を作ってくれたんだと思う。Tシャツはなくてもいい。この家をきれいに掃除するんだから、おふくろも喜ぶ」

「そうかい」

ばあちゃんが頷きながら、ハサミでTシャツを切った。

☆

栄枝ばあちゃんは夜十時前にはもう部屋に引っ込んで寝ちゃうんだ。そして朝はものすごく早く起きるみたいだ。たぶん、五時とかにはもう起きてる。

そして洗濯とか掃除とか朝ご飯の支度をどんどんやっちゃう。俺たちの部屋は二階だから、一階でいろいろやっても俺たちが起きることはない。そもそも、おふくろがずっとそうやっていたんだから。

夏こそちゃんと風呂に入って汗を流して身体を洗えって、おふくろはうるさかった。それは俺たちが三人とも男で、とにかく汗臭かったから。おふくろは、この家でただ一人の女性だったんだから、なんか、今さらだけどその気持ちはわかるなって。

三人とも風呂に入って上がってきたとき、おふくろはいつも機嫌が良かったように思う。あれはきっと、三人とも石鹸の良い匂いがしていたからだ。

男臭くなかったからだ。

「そうだよな」

朗にいが最後に風呂に入って上がってきたときにはもうばあちゃんは自分の部屋に、元のおふくろの部屋に引っ込んで寝ていた。

だいたい、そんなパターンになってきたんだ。

晩ご飯を食べて、最初に風呂に入るのは幸。あいつはいつも野球で汗臭くなっているからね。その次には栄枝ばあちゃん。その次には俺が入って、朗にいはいつも最後だ。なんでかっていうと、朗にいはテレビドラマ好きだから。録画するのも一杯あるからリアルタイムで観ておかないと追いつかないからなんだ。

居間にはソファがある。

親父とおふくろが死んじゃってからなんとなくそんなふうになったんだけど、この時間に三人とも居間でソファに座って、テレビのニュースを観ながらなんだかんだ話しているんだ。

最初は、これからどうするとかそんな話をするためだったんだけど、今はなんか習慣になった。それぞれ好きなもの飲みながら、お菓子を食べながら、たまに朗にいが録画した映画やドラマを観たりもする。

「Tシャツね」

幸が少し笑いながら言った。その話をしたんだ。朗にいと幸に。

「そのTシャツ、お父さんが着ていたの知ってる」

「知ってたのか」

俺は全然知らなかったって言ったら、朗にいも頷いていた。

「父親が普段どんなもの着てるかなんて、気にしないからね」

「だよな」

幸は、そういうのも見ていたんだな。

「切らない方がよかったか？」

幸に訊いたら、ううん、って首を横に振った。

「いいよ。栄枝ばあちゃんの言うこと、よくわかった。思い出になるっていうの」

そう言いながら牛乳を飲んだ。幸はよく牛乳を飲む。もっと背が高くなりたいからって。

「これで僕の思い出にもなったよね？　Ｔシャツが。あ、浜田省吾さんもちょっと聴いてみる」

「おふくろの荷物の中にあるだろ。ＣＤとかＬＰレコード」

「まだ整理してなかったはずだよ」

幸がちょっと向こうを見た。

「母さんの、栄枝ばあちゃんの部屋にあるはず」

そう。今はばあちゃんの部屋だ。ときどき言い方を間違えるから、気をつけてる。何か、朗にいが考えているのが、わかった。

朗にいは結構わかりやすい。悩んでいたり困っていたりするのが、すぐに顔や雰(ふん)囲(い)気(き)に出るんだ。

「どしたの」

「うん？」

「何考えてんの。Tシャツ、取っておいた方がよかった？」

「あ、いや」

手をひらひら動かした。

「そうじゃない。うん、その話は、良かった。Tシャツ切ったやつで僕も掃除するよ」

それこそ、そうじゃないだろ。

「何か気に入らなかったんじゃないの？」

「そんな顔をしてたか？」

してた、って領いたら、幸もうんうん、って領いた。

「そうか」

気をつけなきゃなー、って朗にいが言う。

「何を気をつけるの」

「こうやって、弟に簡単に気持ちを感づかれちゃうのをさ」

「今さらじゃん」

「そうだね」

幸が可笑(おか)しそうに笑った。

「朗にいは、そのままでいいと思うよ。いっつも怒った顔をしてる昭にいよりずっといいよ」

「え、俺怒った顔をしてるか？」

「仏頂面って言うんだお前の場合は」

仏頂面。

「どんなツラ」

「無愛想ってことだよ。いっつもニコニコしてる幸と昭を足して二で割ったらちょうど良かったのにな」

はいはい。

「それはいいけどさ。何を考えてたの」

うん、って朗にいが頷く。

「もうお前たちにも話していいと思うんだけど、でも別に話さなくてもいいことなんだけどな、ってさ」

そう言ってちらっとばあちゃんの眠る部屋の方を見た。

「わけわからん」

「何の話？」

「だから、知らなくてもいいことなんだけど、でも話しちゃった方がいいかなぁって思ったんだ。昭と栄枝ばあちゃんが話したことを聞いてさ」

「何だよ」

思わせぶりって言うんだそういうの。

「話してよ。栄枝ばあちゃんに関係すること?」

幸が訊いたら、うん、って頷いた。

「話せよ。別に聞いたからって具合悪くなることじゃないんだろ?」

いや、って朗にいが首を横に振った。

「案外、具合悪くなったりするかもな。考え過ぎて」

「言えよ。じれったい」

朗にいの欠点だ。もったいぶったりするんだ。きっと女にモテないのもこういう性格のせいだと思うんだよな。

朗にいは、小さな溜息をついた。

「母さんと、栄枝ばあちゃんの話だ」

おふくろと、栄枝ばあちゃん?

「母さんが前に言っていた。『もうお互いに死ぬまで会うこともないって思っているの』ってさ。実際にその通りになっちゃったんだけど」

「え?」

幸が小さく声を出した。

「どういうこと？」

「仲が悪かったってことだよ。母さんと栄枝ばあちゃん。つまり、母と娘は、もう二度と会いたくないって思っていたんだ。主に母さんの方が。そして、栄枝ばあちゃんもそれを知っていた」

マジか。

「それ、おふくろに聞いたの？」

「そうだよ」

朗にいは、ちょっと下を向いた。

「昭と幸には教えないでね、って言われてた」

「何で」

「知らなくてもいいことだから。どうして僕に教えたかは、もう二十歳になっていてそして長男で、ちょうどいいタイミングだったからだと思うよ」

朗にいが北海道に行く前の話だって続けた。そうだ、朗にいは大学のゼミとかで北海道に行って栄枝ばあちゃんに会ってきていた。

「そのときにか」

「そうだよ」

今度は、大きく息を吐き出した。

「じいちゃんのことを、何にも知らないだろ？　僕たちは」

じいちゃん。

「栄枝ばあちゃんの、夫ってこと？」

「そう。栄枝ばあちゃんの夫で、母さんの父親だった人。その人のことは何にも聞いていない。死んだって話だけど、栄枝ばあちゃんの家には仏壇も位牌も何もないんだ」

仏壇も位牌も？

「どうして？」

幸が言った。朗にいは、首を横に振った。

「何も教えてくれなかった。知らなくていいことだって、栄枝ばあちゃんは言っていた。でもな」

ばあちゃんの眠る部屋の方を、またちらっと見た。

「母さんが、二度と栄枝ばあちゃんとは会うこともないって言っていたことに、繋がっていると思うんだ」

でも、って続けた。

「それを知っているのは、もう栄枝ばあちゃんしかいない。聞かなくてもいいことだから、僕もばあちゃんに確かめようとは思わない。だから、お前たちも栄枝ばあちゃんには、じいちゃんのことや、それから母さんのことも、どうして北海道に引っ越したかなんてことも、訊かない方がいいと思うんだ」

それは全部、母さんと栄枝ばあちゃんの関係に繋がっているような気がするからって、朗にいは言った。

結構、深刻な顔をして。

三、遺されたものは、なんだったのかな

三男　稲野幸

みっちゃん、って皆呼ぶんだ。朗（ろう）にいも昭（しょう）にいも、みつるのことを。

うちから小学校に行く通学路の途中の、水色の壁の家に住んでいる同級生の女の子。

自分ではまったく覚えていないんだけど、幼稚園から同じだったから普段も仲良く遊ぶようになる前から、うちにもよく来ていたんだって。だから、朗にいなんかはみっちゃんのことを妹みたいに思って可愛（かわい）がっていたって。

たぶん、みつるのお母さんとうちのお母さんが仲が良かったから、一緒に遊ぶようになったんだと思う。それぞれの家で、お母さん同士でお茶とかしてそのときに僕とみつるも一緒に遊ばせてって感じ。

みつると僕は小学校に上がってもずっと仲良くて一緒に宿題やったりしていたんだから、たぶん気が合っていたんだと思う。どうして気が合ったのかは全然まった

くわかんないんだけど。

野球大好きになって野球ばっかりしていた僕だけど、その反対にみつるは読書好きの女の子だ。気が付いたら、小学校の図書室にある本は全部読んでいたような女の子。

ちょっと眼が悪くなっちゃって小学五年のときから眼鏡(めがね)を掛け始めた。ずっと図書委員みたいなものをやっているし、お小遣(こづか)いを使うのは全部本だ。iPadやKindleも持っていて、それで電子書籍も読んでいるし、最近は中学生になって買ってもらったiPhoneでも読んでいる。

僕も小さい頃は〈みっちゃん〉って呼んでいたんだけど、最近はみつるって呼び捨てにしてる。

中学校に入ってからだけど、何となくその方がいいなって。そういうふうに呼ぶようになったのは、付き合い始めたから。

付き合うって言っても、近所に住んでいて小学校も中学校も同じなんだから、何かが特別に変わったわけじゃないのに、どうして付き合うってことになったのか。はっきり覚えているんだ。誰にも話したことないけど。

あ、これが好きってことだってわかった。

一年ちょっと前。

中学校に入って初めての夏休みが来る少し前。

その日は火曜日で、野球の練習は休みになっていた。だからまっすぐ家に帰ろうと思っていたんだけど、みつるが具合悪そうで、図書室に行かないで帰るって女子と話していた。だから、一緒に帰ろうかって言ったんだ。

「ごめんね」

「何でもないよ」

同じ方向なんだし。野球は休みだし。

「大丈夫(だいじょうぶ)？　車で迎えに来てもらった方がいいんじゃないの？」

「ううん、大丈夫」

いつもよりみつるの眼が潤(うる)んでいるような気がした。

「熱あるんじゃないのか」

「たぶん、ちょっとある。でも歩けるから大丈夫」

「ほんとに？」

中学校からみつるの家までは二キロもない。本気で走ったら僕なら十分もかからないで着く距離だけど。

一緒に歩いていたんだけど、みつるが全然喋(しゃべ)らなかった。お喋りというわけじゃないけど、いつもなら、最近読んでおもしろかった本の話や、ドラマの話を嬉(うれ)しそうに楽しそうに話しかけてくるのに。

だるそうだった。

「お前やっぱり辛いんだろ」

もう一度訊いたら、頷いた。

「何か、急に身体に力入らなくなっちゃった」

呼吸も辛そうだった。

「すぐおばさんに電話して。そしておぶされ」

「おぶされ?」

「そう。カバンは自分で持ってよ」

「いいよ、大丈夫だよ。お母さんに迎えにきてもらうから」

「おばさんが準備している間に、僕の足なら家に着いちゃうんだよ。ほら」

恥ずかしがってるみつるをおんぶした。全然軽い。このまま家まで走っていけるけど、それはみつるも辛いだろうから、少し早足で歩き出した。

みつるがおばさんに電話したけど耳元で話すから『幸ちゃんが?!』って僕の名前を言うおばさんの声もスピーカーから聞こえてきた。

「そのまま病院に行く準備をしてって言って。もう着くよ」

もうみつるの家が見えてきた。みつるが電話を切って、そのまま頭を僕の肩に乗せた。そのときに、感じたんだ。みつるの身体の体温と頭の重さが背中から伝わってきて、自分がみつるを守っているんだって思って。

「ずっとおぶってやるから」

　そんなふうに言ったら、みつるの頭が動いた。

「ずっとって？」

「ずっとは、ずっと」

　そう言ったらみつるの家の玄関からおばさんが飛び出してきて、あらあらあら、って僕たちに手を振った。

「ごめんねぇ幸ちゃん！」

　好き、っていう感情はこういうものなんじゃないかって、そのときにわかったんだ。


　だから、みつると付き合っている。

　もちろん、朗にいにも昭にいにも、そんな話はしたことない。みつると付き合い始めたのも言ってない。ずっと仲良く一緒に遊んできたから、みつると二人でいるところを見かけても二人とも何も言わない。

　だから、きっと朗にいも昭にいも僕とみつるが付き合い始めたのを知らないと思う。

みつるは、みつるのお母さんには話したって。

だからもしかしたら僕のお母さんも知っていたかもしれない。ひょっとしたらお父さんもお母さんから聞いたかもしれない。

もうそれを確かめることも出来ないんだけど。

確かめることが出来るのは、栄枝(さかえ)ばあちゃんとお母さん、そしておじいちゃんの間に何があったかってことなんだ。

好きだから結婚したはずだ。栄枝ばあちゃんとおじいちゃんは。そして、お母さんが生まれた。

それなのに、栄枝ばあちゃんの家にはおじいちゃんの位牌(いはい)もない。お母さんは、死ぬまで栄枝ばあちゃんに会わなくていいって言っていたらしい。

それはどうしてなんだろうって。

好きっていう思いは、消えちゃうものなのかって。

☆

【前にも言ってたよね。おじいちゃんのことを知らないって】

【そうだね】

学校で話す以外は、みつるとはＬＩＮＥで話すことが多い。放課後は僕は野球の練習ばっかりしているし、みつるは図書室にずっといるからほとんど会わないんだ。夏休みになっても僕は練習があるから結局はそんなに会えない。

だから、みつるはよくＬＩＮＥしてくる。電話で話してると、誰かと話しているのが隣の部屋の朗にいとかに何となくだけどわかっちゃうし。大体、自分たちの部屋に引っ込む十一時とかそれぐらいの時間になるとＬＩＮＥが入ってくる。

【でも、幸のお母さんはすっごく優しかった。そんなふうにおばあちゃんとケンカするように思えないけど】

【まぁ、そうかもね】

【それ、どうするの？】

【どうするって】

【朗にいちゃんとかに、確かめるの？　おばあちゃんに訊いてみるの？】

人に確認したりするときの〈きく〉は〈聞く〉じゃなくて〈訊く〉って書くのがいいんだよってみつるに前に教えてもらったっけ。

確かにそうかもって思う。読書好きっていうか、自分で活字中毒者って言うだけあって、みつるは本当に漢字や言葉に詳しい。詳しいっていうか、うるさい。言葉遣いを間違ったら、その場ですぐに訂正される。まぁ優しくだからいいんだけど。

【訊かない方がいいと思うって、朗にいは言ってた】

おじいちゃんのことは知らなくてもいいことだって、栄枝ばあちゃんが言ったらしい。そしてどうしてお母さんが栄枝ばあちゃんと仲が悪かったのか、それも知らなくてもいいことだってお母さんも言っていたそうだ。

【だから、訊かなきゃならないときが来たら、訊けばいいって。今は別に訊かなくてもいいんじゃないかって】

【朗にいちゃんらしいね。昭にいちゃんも？】

【別に訊かなくていいじゃんって。今さらそんなの知ったってどうしようもないって】

【そっかー。幸は？】

僕は。

【訊いてみたいか、みたくないかって訊かれたら、訊いてみたい】

【なんか、理由があるの？】

あると言えばあるんだけど、それを本人に言うのはちょっと恥ずかしい。

【何となくなんだけどさ】

どうしてかって言うと、人が人を好きになるってどういうことかって、自分の場合はわかったから。

ついこの間までただの友達だったみつるのことを好きだってわかったから。そして、好きだって思ったらずっと一緒にいたいって思うのがわかったから。

それなのに、夫婦は離婚しちゃう。恋人同士でも別れる。

どうしてなのかなって。

栄枝ばあちゃんはおじいちゃんのことを好きじゃなくなったのか。それはどういうことなのか。お母さんはどうして栄枝ばあちゃんと死ぬまで会わないなんて思ったのか。親子なのに、そんなに嫌いになったのはどうしてなんだろうって。

確かめたいんだと思う。


夏休みに入って一ヶ月以上経った。

リトルシニアの練習も、かなり気温が上がって暑くなり過ぎると日中にはあまりしないんだ。昔はそんなの関係なくやってたらしいけど、今は熱中症対策とか結構厳(きび)しく言われるからって。

その代わりに、夏の暑さに身体を慣らす練習をする。この先どうなるかはわからないけど、僕たちシニアの仲間は高校に入ったら甲子園を目指したいって思っている連中ばかりだ。

そのためには、あの夏の甲子園の暑さにも耐(た)えられるようにならなきゃならない。だから、熱中症対策をちゃんとしながら、本当に軽く、グラウンドで遊ぶ程度に練習をする。チームによってもいろいろだろうけど、うちのチームはそんな感じだ。

佐脇さんにまた会ったのは、そういう練習をしている金曜日だった。

気温が三十五度まで上がっていて、今日はこのまま軽く練習をして終わるっていう日。いつも練習をしているグラウンドは河川敷にあって、すぐ脇には堤防がある。

そこの堤防に座って僕たちの練習を見ている人はたまにいて、お父さんやお母さんだったり、散歩中の人だったりいろいろ。こんな暑い日にはほとんどいないんだけど、その日はいたんだ。

ジーンズに白いシャツを着てスニーカーを履いていた中年の男の人。

僕と眼が合うと、軽く頷いた。

佐脇さんだったんだ。元高校球児だった、同じ町内会の佐脇さん。

「たまたま見かけたんだ」

「そうなんですか」

練習が終わって帰るときになっても佐脇さんはいたので、挨拶しに行ったらそう言った。

「ここでやってたんだな。練習」

「そうです」

　佐脇さんがまだ堤防の草むらのところに座っているので、僕も腰を下ろした。皆がじゃあなーって手を振るので、じゃあって手を振った。

「佐脇さん、今日はお仕事は？」

　平日の夕方にこんなところにいるってことはお休みなのかと思って訊いたら、うん、って頷いた。

「仕事を辞めちまってさ」

　びっくりして顔を見たら、笑った。

「辞めたんですか？」

　あぁ、って頷いた。

「何か理由があったんですか」

　思わず訊いちゃった。

「あ、ゴメンナサイ。僕には関係ないことですね」

　そう言ったら、佐脇さんはニヤッと笑った。

「関係ないけど、関係あるかもな」

「え？」

「ご近所さんじゃないか。町内会の。無職になって町内会費も払えなくなったら皆が困る」

「あぁ」

笑っちゃった。確かにそうだった。

「幸くん、だったな」

「そうです」

「兄貴が朗くんと昭くんで、大学生と高校生」

「はい」

「また見事に揃ったもんだな」

僕たちもそう思う。

「おばあちゃんが一緒にいるんだよな」

「そうです」

「それなら、大丈夫か。兄弟三人だけでも」

「はい」

家のことだと思って、頷いた。お父さんお母さんがいなくなって淋しいけど、大丈夫だ。佐脇さんも小さく、うん、って言った。

「稲野さんな。君のお父さんだけどな」

「はい」

「一度だけ、少し話したことがあるんだ」

「そうなんですか？」

　それは全然知らなかった。

「何年前だったかな。二年か三年か、そこらぐらい前だ。俺は日曜日に車のタイヤを替えていたんだ。パンクしちまっていてさ」

「パンク」

「気が付かなかったんだな。朝、起きてみたら空気が抜けていた。それでスペアタイヤに替えて、修理に持っていこうと思って交換していた。ところが、俺はそういうのをほとんどやったことなくてね」

　ちょうどそこにお父さんが通りがかったんだって。

「俺の手際が悪かったのを見かねたんだろうな。手伝ってくれてさ」

「お父さん、車好きでした。タイヤを新しいのに替えるの僕たちも手伝ったことあります」

「そうか」

　優しそうないい人だったって、佐脇さんは続けた。

「今度、仏壇に手を合わせに行っていいかな。仏壇があるんなら、だが」

「あります」

栄枝ばあちゃんが、小さいのを買ってくれた。そこにお父さんとお母さんの位牌が置いてある。写真も、飾ってある。

「いつでもどうぞ」

ありがとうって佐脇さんが少し笑った。

「あ、水ありますけど」

佐脇さんが暑そうにしていたからスポーツバッグからペットボトルを出したら、大丈夫だって。

「君たちには迷惑を掛けちまったな。いい大人なのに」

町内会費のことだと思って、全然何でもないですって言った。佐脇さんはちょっと首を傾(かし)げてから、言った。

「妻が、いたんだよ」

妻。

「奥さん、ってことですよね」

そうだ、って佐脇さんが頷いた。それから、小さく息を吐(つ)いた。

「見たことなかったか。フィリピン人だったんだが」

「あ」

ある。いや、その人が奥さんだったのかどうかはわからないけど。

「日本人っぽくない、アジア系の女性は見かけたことあります」

外国人が珍しいわけじゃないけど、うちの近所で見かけたことはほとんどなかったから、あれ、って思ったんだ。

「外国の人も住んでいたのかって思いました」

「そうだな。近所にはたぶんいなかったよな。あいつ以外は」

そして、いたんだ、っていう過去形ってことは。確か奥さんも子供もいないって聞いていたのに。

きっと僕がそういう顔をしたんだ。佐脇さんは、うん、って頷いた。

「家を出ていっちまった。国に帰るってさ」

「離婚、ですか」

「まぁそういうことだ。たぶん、誰も知らなかったろうな。俺が結婚していてあの家に奥さんがいたなんて」

「どうしてですか？」

ひょい、って肩を竦めた。

「日本語がほとんどわからなかったからな。インターホンには出るなって言ってあったから」

出るな。

「出たって、日本語がわからないんだからどうしようもないだろう?」

「そう、ですね」

それはそうかもしれないけど。

「買い物は、商店街に行けば身振り手振りで何とかなるし、筧スーパーなら喋らなくても買い物出来るからな。だからあいつは買い物以外は俺が仕事から帰ってくるまで、ずっと家の中にいた。俺がそうしろって言ったんだ」

「でも、それじゃあ」

友達も何にも出来ない。佐脇さんは僕を見て、軽く頷いた。

「そうだな。でも、そんなのはどうでもいいって思っていた」

「どうでも」

「友達がいなくても、故郷に電話は出来る。淋しかったら国に電話して喋っていればいい。日本語の勉強はゆっくりやればいいって思っていた」

いや、って言ってから言葉を切った。

「そんなのは、後から思ったことだな。とにかくあいつのことを何にも考えていなかったんだよ。ただの、妻だって思っていた」

「ただの妻」

「帰ったら部屋の掃除がしてあって風呂をはって飯を作ってくれる女、としか思っていなかったんだ。そのときにはな」

俺は、どうしようもない男だって佐脇さんは続けた。

「昔からそうでな。人づきあいが下手でさ。あいつとどうして結婚したのかを、ちゃんと思い出せば良かったなって、思うよ」

「後悔してるんですか。その、そんなふうにしちゃったのを」

「してるな」

大きな溜息をついた。

「思いっきりしている。どうして忘れちまったのかってな。好きで結婚したのに。こいつと一緒にいたいって思って結婚したのにな」

一緒にいたい。

そうだよね、って思った。一緒にずっといたいって思うから、人は結婚するんだ。お父さんとお母さんもそうだ。そして、栄枝ばあちゃんとおじいちゃんもそうだったはずなんだ。

「どうして忘れちゃったんですか。奥さんと結婚した理由を」

訊いちゃったら、佐脇さんは少し考えていた。

「仕事だな。とにかく忙しかった」

佐脇さんはコンピュータ関係の仕事をしてたって言った。

「まぁプログラミング関係だ」

何日も、一週間も十日も家に帰れないこともあったって。帰るのは着替えを取りに行ったり、お風呂に入るためだけだったたって。

「とんだブラック企業だけどな」

お給料だけは良かったって。だから、あそこの一軒家も車も買えたし、奥さんを養うことも出来た。

「喰うことの心配はいらなかったが、心が、痩せていたんだな」

「痩せていた」

「自分がどうして結婚したのかを忘れちゃうぐらいにな」

心が痩せるって、初めて聞いた表現だった。

「それどころか、家に帰れないってことを、妻がどう思っているのかって妻の心配をするのが仕事の邪魔だって思うぐらいに、心がやられていたのさ」

それもこれも全部、仕事が忙しいせいだったけど、その仕事を選んでやっていたのは自分なんだ。

佐脇さんは、淋しそうに微笑んだ。

「済まんな。こんな話をしてもわからんよな」

「いえ」

わかるような気はする。忙しくて他のことは何にも考えられなくなるんだ。

「それで、奥さんのことを近所の人は知らなかったんですね」

ちょっと首を捻(ひね)った。

「そう聞いていたなら、そうかもな。そんなふうに思われているのも俺は知らなかったし、どうでもよかったんだよ」

「もう、取り戻せないんですか」

「無理だな」

もう無理だって、佐脇さんは言った。

「どうあがいても、無理だ。あいつは帰っちまった」

自分の国にって。

「あれだ。まだ中学生だろうけど、覚えておいて損はないぞ」

「何をですか」

「後悔先に立たず、ってやつだ」

夕方になって家に帰ってきたら栄枝ばあちゃんが居間の床(ゆか)に座って、テレビを観ながら洗濯物を畳(たた)んでいた。朗にいと昭にいはまだ帰ってきてなかった。

「佐脇さんに会った」

着替えてから、ばあちゃんに言った。佐脇さんがグラウンドに来ていたので、少し話したって。奥さんがいたことも、離婚したことも。

それで、ご近所づきあいも全然していなかったことも。お父さんと一度話したことがあるってことも。

「今度、仏壇に手を合わせに来たいって」

話したら、そうかい、って栄枝ばあちゃんが微笑んだ。

「仕事を辞めちまったのは心配だけど、まぁそういう技術的な腕があるんなら大丈夫だろうさ。いいご近所づきあいが出来そうだね」

「うん」

「今晩はトンカツでいいかい」

「いいよ」

肉は皆好きだ。

「栄枝ばあちゃん」

「なんだい」

言ってみようと思った。

「僕さ、みつると付き合っているんだ」

栄枝ばあちゃんはちょっと眼を大きくさせて、それから嬉しそうに笑った。

「あの子だね？　みっちゃん、って朗が呼んでいた。うちに来たことがあるよね、眼鏡を掛けた髪の毛のきれいな女の子」

「そう。三浦みつる。皆がみっちゃんって呼んでる」

幼なじみの女の子ってことを説明した。

「みっちゃんか。みっちゃんは、どっちを取ってもみっちゃんだね」

栄枝ばあちゃんが言った。

「どっちって？」

「だって」

ちょっと笑った。

「みっちゃんの名前は、三浦みつるなんだろう？　名字でも下の名前でも〈みっちゃん〉じゃないか」

あ、そういうことね。確かにそうだ。

「嬉しいね」

「嬉しい？」

ばあちゃんが頷いた。

「孫の好きな人のことを聞かせてもらえるなんてね。それじゃあ、あたしは十年後ぐらいにひ孫の顔を見られるかもしれないんだ」

ひ孫って。十年後って僕は二十四歳か。

「そんなの考えたことないよ」

「そりゃそうさ。でも、年齢的には全然おかしくないね」

おかしくはないのか。二十四歳で結婚して子供が出来る人は、それはいるのか。

でもそういう話じゃなくて。

「朗にいちゃんに聞いたんだ」

「なにをだい」

「お母さんと栄枝ばあちゃんは、仲が悪かったって」

ばあちゃんは、ちょっとだけ唇を歪めて、それから苦笑いした。

「そうだね」

「どうしてなのかは、知らない方がいいって言った?」

「言ったね。知らなくてもいいことさ」

ましてや、って続けた。

「あの子は死んじまった。親より先に逝っちまった。その子供であるお前たちには
もうどうでもいいことさ。知ったって、何の足しにもなりゃしない」

「じゃあ、ずっと秘密にするってこと?」

「そう思っているよ」

　ゆっくり栄枝ばあちゃんは頷いた。

「もしも話すときが来るとしたら、それはあたしが死ぬときかね」

　まだ死んでほしくはないけど。

「どうしてそんなことを知りたいんだい。知らなくてもいいことだろう？」

「みつるのことを好きだから」

　ばあちゃんは、首を傾げた。

「よくわからないね。みっちゃんが幸の彼女だってことはよっくわかったけど」

「好きだってことは、ずっと一緒にいたいってことだよね」

　まぁね、ってばあちゃんは頷いた。

「確かにそういうことだね」

「でも、栄枝ばあちゃんは、おじいちゃんと別れた。そして娘であるお母さんとも仲が悪かった。どうして一度は好きになったはずなのに、そういうふうになっちゃうのか、全然わからないんだ」

　栄枝ばあちゃんが、僕を見た。

「なるほどねぇ」

　うん、って頷く。

「どうしてそうなるのかを知りたいかい」

「知らないより、知っていた方がいいから」

ふぅ、って息を吐いた。

「お前は野球をやるより、みっちゃんと一緒にいろんな本を読んだ方がいいんじゃないかねぇ」

「どうして？」

「そんな、人間の感情なんかに興味を持つのは文学青年の十八番さね」

野球やってるよりそっちの方が似合うんじゃないかって。

「本は好きだけどね」

「本も読みなさい。まるっきり読まないよりかは、人生が多少は豊かになるかもしれないと思うよ」

そう言った後、栄枝ばあちゃんは、大きく溜息をついた。

「そうだねぇ。死んじまった娘に義理立てするより、これからずっと生きていく孫たちのために、話した方がいいのかねぇ」

そう言った。

そして。

「家族だしねぇ」

四、繫がっているものは、なんだろう

長男　稲野朗

寝付きも寝起きもいいんだ。

昭（しょう）も幸（こう）もまぁ普通だろうけど、いや昭は寝起きは悪いか。でもあいつの場合は単純に夜更（よふ）かししてるから寝不足なだけなんだろう。

とにかく僕は寝付きも寝起きもいい。

寝付きなんか、昭が言ってたけど布団（ふとん）に入ったら三秒で寝る、って言ってる。その通りだと思う。布団に入って、あぁ明日はバイトが、って考えた瞬間にもう意識がなくなって眠ってる感じだ。

でも、夢はよく見る。大抵（たいてい）はその日に観（み）て強烈に印象に残ってしまったドラマの影響があったり、後は小さい頃からずっと見ている〈よく見る夢〉だ。そんな話を誰かとしたことないけど〈よく見る夢〉って誰にもあるんじゃないか。

僕の場合は、走り回る夢だ。それも日本のどこかのお城とかとんでもなく大きな日本家屋、屋敷みたいなところを走り回る。広い階段とか何十畳もの和室とか、忍者屋敷のように入り組んだ廊下とか、とにかくそういうところを走り回るんだ。ときには誰かに追われていたり、あるいは誰かを追いかけたり。そんな夢を、小さい頃から何度も見る。

いつか僕が心の病にでもなったら精神科のお医者さんに分析してもらいたいものだけど、僕は心の病になんかなりそうもない。いや、わかんないけど、基本的にイヤなことがあって悩んでも、その日寝たら次の日の朝には「ま、いいか」って何もかも忘れてしまうタイプの人間だ。きっと大丈夫なんじゃないかな。

どんなに早起きしなきゃならない状況でもタイマーが鳴ったら飛び起きて、そしてすぐに動き回れるんだ。これは父さんもそうだったはずだからその血じゃないか。母さんは父さんが飛び起きるのを見て、まるで地震か火事でも起きたみたいって言ってたけど、僕もそんな感じだ。ひょっとしたら僕は消防士にでもなった方がいいかもしれないって思う。ま、体力がそんなにないので無理だと思うけど。

人間の脳ってスゴイと思うんだ。寝ていても脳は活動している。そして、普段の生活音、たとえば誰かがトイレに行った音とか家鳴りとかそういうのが聞こえてもそれで起きたりはしない。脳が「これは誰かがトイレに行った音だ」って判断するんだ。

反対にそこで吐く音が聞こえたりしたら、普段とは違う音だからそこで、びくっ！　と起きたりする。今のは吐いている音じゃないか、どうした誰か病気かって。昭が小さい頃に夜中に自家中毒で吐いたときに、僕は起きたことがある。そのときがそうだったんだ。

そう、タイマーの音じゃなくても、何か普段は聞き慣れない音がどこかでしたのなら、それが真夜中でも朝方でも眼を覚ますことは、ある。

ふと、眼が覚めたんだ。

何か、普段ではない音がしたから。

（車の音）

家の前は車道でギリギリ二車線だけれど、住宅街の中の道路だからほとんど車は通らない。この辺に住んでいる人か、宅配便やら何やらのトラックか、郵便配達のバイクか。

それもごく普通に安全な速度で走っていくだけだから、たとえ夜中や朝方だって静かでその音で眼覚めたりしない。

車が、停まったんだ。

家の前に。

それで眼が覚めた。起きてしまったのは車が停まる音がしたからっていうのはもうわかっていた。反射的にベッドの枕元に置いてあるスマホを見た。

（六時？）

朝の六時に、家の前に車が停まった。

そんなことは滅多にない。滅多っていうか、まず、ない。新聞配達の人は自転車で来るから違う。ベッドからそっと降りた。窓まで静かに歩いて、閉まっているカーテンの隙間から外を覗いた。

（車だ）

間違いなく、車が停まっている。エンジンが掛かっているかどうかはわからない。グレーの普通のセダン。ちょっと古くさい感じがするから、結構前の車種だと思うけど、車には全然詳しくないから、何ていう名前の車かはまるでわからない。

少なくとも二人は乗ってる。助手席に人が乗っているのがわかるので、当然運転席にも人がいるはずだ。後ろの座席に誰かが乗っているかどうかは、ちょっとわからなかった。

（何だろう）

考えたけど、全然わからない。

道がわからなくなって地図でも確かめているのか。いやいくらなんでもナビぐらい付いているだろう。でも、古い車なら付いていないこともあるのか。どうして家の前に停まったんだろうとずっと考えて見ていたんだけど、車の中では何の動きもなかった。煙が見えたような気がしたので、運転席の人が煙草を吸っていたのかもしれない。

そのうちに、眠気の方が勝った。

別に何でもないかもしれないと思って、また寝たんだ。

今日は九時ぐらいに起きればバイトに間に合うと思ってタイマーを掛けていたのに、八時に眼が覚めてしまったのはやっぱり車が気になったからだと思う。

カーテンを開けたらまだ車はそこにいた。

「マジか」

二時間はそこにいたことになる。慌てて着替えて一階に降りたら、栄枝ばあちゃんは居間でお茶を飲みながらテレビのニュースを観ていた。

「おはよう栄枝ばあちゃん」

きちんと頭を下げて挨拶する。栄枝ばあちゃんが来てからそうするようになった。ちゃんとしないとばあちゃんは怒るから。

「おはようございます朗さん」

朝の挨拶のときだけ、ばあちゃんは〈さん〉付けするんだ。僕にも昭にも幸にも。昭も幸も台所で朝ご飯を食べていて、おはよう、って声を掛け合う。二人とも今日は部活と野球があるはずだ。

「早いんじゃないかい」

「うん」

言いながら居間の窓ガラスの前に立った。

「あれさ」

そう言うと、栄枝ばあちゃんも頷(うなず)いた。

「気づいていたかい」

「朝六時に眼が覚めた」

こくり、と、また頷いてから顔を顰(しか)めた。

「何だろうね。あたしもすぐに気づいたよ」

「なになに」

昭が言う。

「何の話?」

幸が牛乳を飲んでから言った。

「気づいてなかったのか」

「だから、何なの」

「騒ぐなよ」

二人にそう言ってから、窓の外を指差した。

「朝の六時から、あそこにずっと車が停まっているんだよ」

「車？」

「六時？」

二人が慌てて腰を上げようとしたから、右手を上げて制した。

「だから、騒ぐなって」

栄枝ばあちゃんは眉間に皺を寄せたままだ。

「ちょっと、朗、訊いてきてくれるかい？　そこで何をしてるのかって」

「僕が？」

そう言いながら、僕が行くべきだろうなって思っていた。だって、実質この家の主は僕になっているんだ。まだ大学生ではあるけれど、長男で二十歳以上の大人である僕。

「訊いてくる」

父さんが建てたこの家はちょっとした西洋館風で、家の前にも少しだけ庭がある。つまり玄関を出て五歩は歩くぐらいのスペースがあるんだ。

曇り空の朝。天気予報によれば雨は降らないはず。兄弟が共通で使っている茶色のサンダルを突っかけたけど、思い直して自分のスニーカーを履いて、外に出た。まさかそんなことにはならないと思うけど、追いかけたり逃げ出したりするときにはサンダルじゃマズイと思ったから。

僕は、慎重な性格だと思う。

車は動いていない。ゆっくり歩いて、運転席側に回った。

きっと僕が家から出てきて向かってくるのを見ていたんだろう。運転席に座っていたスーツ姿の男性は、僕が屈みこんでウインドウを軽くノックしようとしたときに、胸ポケットから何かを出してこっちに向けた。

警察手帳。

案外驚かなかった。何となくそんな気はしていたから。

って言うか、人の家の前の道路に堂々と二時間も車を停めていられるって警察しかいないんじゃないかって思っていた。

たぶんこの辺の道路は駐禁じゃないし、いや駐禁なのかもしれないけど本当にただの住宅街だから少しの間なら車を家の前に停めておいたって文句を言う人は誰もいない。父さんだってよく家の前に車を停めて荷物を下ろしたりしてた。お客さんが来たらお茶を飲んでいく間、家の前に停めていても誰も文句を言わないし、警察も取り締まりに来ない。誰かの家の前に一晩車が停まっていたら、親戚でも来て泊まっていったんだな、って思うぐらいだ。

　そりゃあ車庫の前に知らない車が停められたらそこの家の人は警察に電話するだろうけど、そんな酷いことをする人もいない。マナーさえ守っていればお巡りさんが取り締まりに来ることもほとんどない。

　それでも、知らない人の家の前に黙って二時間、は、長い。長過ぎる。

　だから、中に乗っている人は、刑事さん。

　そして、張り込み。

　そんな気がしていた。

　僕が黙って立っているとウインドウが静かに開いた。運転手さんは、たぶん四十代ぐらいの人。どこにでもいるような中年のおじさんで、サラリーマンですって言われても、そうですかって納得するような人だった。

「警察です。済みません。詳しく言えないし長く話も出来ないんですよ。終わり次第帰りますので、すぐに家に戻ってください」

　それだけ早口で言うと、ウインドウが閉まった。助手席にいる人もちらっと僕を見て頭を軽く下げたけど、こちらは結構眼光が鋭い感じで、刑事って言われたら納得する感じだった。

　何よりも、二人とも視線を前の方に向けてほとんど動かさなかった。そっちの方向にはもちろん家がある。ご近所さんたちだ。

つまり、この二人の刑事さんは張り込んでどこかの家を見張っている、ということになる。

早朝から。

言われた通りにすぐに家に戻った。


「警察⁈」

昭がすぐに窓に駆け寄った。幸も眼を輝かせてそれに続いた。まぁ家の中から覗いている分には警察も文句を言わないだろう。

「マジ？」

「マジ。警察手帳も見た」

本当なら、アメリカ辺りなら警察署に電話してバッジに書かれた番号か何かで照会して本物かどうか確かめるんだろうけど。

「確かめようか⁈」

昭が嬉しそうに言うけど、首を振った。

「面倒くさいよ。止めておこう」

日本の警察のその辺の信用度は高いような気がする。気がするだけだけど。

「でも、何で？　張り込みって」

　幸が言うと、栄枝ばあちゃんが顔を顰めながら頷いた。

「張り込みは、張り込みだね。おそらくは、あの位置から玄関が見えるお宅のどれかに、犯人だかなんだかが立ち寄る可能性が高いってことだろうね」

「犯人！」

　昭が大声を出す。

「どの家？」

「それは、わからないよ。ずらっと並んでいるけれど、まぁ少なくともすぐ斜め向かいの家ではないことは確かだね。もう少し離れたところにある家だろう。ほら」

　栄枝ばあちゃんが腕を上げて外を指差した。

「駅やバス停から降りて歩いてくると、向こうからこの辺りにやってくることになるだろう？　反対側から歩いてくる人はいないだろう」

「確かに」

　その通りだ。交通機関を使ってここに来るなら、向こう側から来ることになる。

「それで、ここに張っているんだ」

「裏口とかあるんなら、きっと裏口の方にも刑事さんが車で張り込んでいるんじゃないかい」

「すげぇじゃん」

昭が興奮している。その気持ちはわかるけど。

「でも、それじゃあ近所の誰かが、何かの犯罪にってことだね」

幸が言う。

「そういうことだ」

幸い、っていうか、全然ご近所の人たちのことを知らないから、あの人が？　なんてこともわからなくてどんな感情も浮かんでこないんだけど。

「どの家だろ、って詮索（せんさく）するのは、あれか、人としてダメか」

昭が腕を組みながら言った。

「そんなことはないさ。一体どんな人が何をやったのかってそりゃああたしだっていろいろ考えて知りたくなるさ。でも当然のことだけど、それを大げさに騒ぐのは確かによろしくないことさ」

まぁ、って栄枝ばあちゃんは少し考えてから続けた。

「家の前に張り込むってことは、警察は既（すで）に何らかの情報を握（にぎ）ってるってことだね。そこの家に確実に顔を出すことはわかっていて、それを待ち受けてるってことだろう」

「それも、今日のうちに、だよね。いつ来るかわかんないなら、あんな車の中では張り込まない」

　そっか、って昭も頷いてから続けた。

「でも、そういうのって警察は言ってこないのか？　ここで張り込むからよろしくな、とかさ」

「言わないよそんなこと。事前にそんな情報を周りの家に言って、口さがない奥さんたちに言いふらされたら困るだろう。あっという間に広まっちゃって、それが犯人や関係者の耳に入っちゃったらどうするんだい」

「そっか」

「警察ってのはそういうものさ。犯人を捕まえるためなら、普通の人の事情なんかおかまいないしさ。張り込みなんてのは特にね。道路はあたしたちの土地じゃないからね。そこに車を停めていたってあたしたちが文句を言えるものじゃないだろう」

「まぁ、そうだね」

　そういうものなのか。

　昭が、ちょっと顔を顰めた。

「栄枝ばあちゃん、詳しいね。張り込みの現場とか見たことあるの？」

　昭が訊いたら、頷いた。

「あるの？」

小さく溜息(ためいき)をついた。

「なんでまた、こんなときにこんなことが起こるもんかね」

こんなことって。

「それは、実際に経験したことがあるってこと？」

「あるね。見たことあるんじゃなくて、張り込みされたことが」

「えっ」

「あ？」

「え？」

三人で同時に声を出してしまった。

張り込みされたって。

「栄枝ばあちゃん何をやったの?!」

幸がそう訊いたら、栄枝ばあちゃんは壁に掛かっている時計を見た。

「ほら、皆そろそろ行かなきゃならないだろ」

三人で時計を見た。

そうだけど。

「帰ってきたら、夜にでも教えてあげるよ。全部」

全部？

「全部って、栄枝ばあちゃんそんなに犯罪やってるの？」

幸が言うと、笑った。

「人を世紀の大悪党みたいに言うんじゃないよ。張り込みされたのは一回だけで、あたしを張り込んでいたわけじゃない」

「じゃ、誰」

昭が言うと、栄枝ばあちゃんはちょっと天井を見上げた。それから、首を少し傾げた。

「あんたたちの、祖父だね」

祖父。じいちゃん。

「つまり、あたしの夫さ。そして、あんたたちの母親の父の話さ」

☆

僕がバイトから帰ってきたのは夕方の五時。そのときにはもう警察の、刑事さんが乗った車は停まっていなかった。

ただいま、って家の中に入って、まず最初に栄枝ばあちゃんに訊いたのはそのことだ。

「どうなったの？」

僕より先に昭も幸も帰ってきていた。二人して台所で栄枝ばあちゃんが晩ご飯を作るのを手伝っていた。二人して手伝うことはそんなにないから、きっと二人ともばあちゃんにどうなったかを訊きたくて手伝っていたんだと思う。

「逮捕されたってさ」

昭が大きく頷きながら言った。

「逮捕か」

「まぁ、本当に逮捕なのかどうかはわからないけれど、男が一人、刑事さんたちに連行されていったよ」

栄枝ばあちゃんが大きな鍋を掻き回しながら言った。今夜の晩ご飯はもう匂いでわかっている。カレーだ。

「どこの家だったの」

「川島さんだって」

幸が言った。川島さん。もちろん、知らない。

「向こうの角から二軒目の焦げ茶色の屋根の家。一階は半地下の車庫でさ、玄関が少し上にある家」

あそこか。わかったわかった。

「ずっと見ていたわけじゃないけどね」

栄枝ばあちゃんが続けた。

「たまたま二階のベランダに洗濯物を干しに行ったらね。あれは十一時ぐらいだったかね。刑事さんたちが車から出ていったから、おや、と思って見ていたのさ」

そうしたら、向こうから歩いてきた男がいたってばあちゃんが言う。

「逃げたりしなかったの？」

「しなかったね。その川島さんの家の玄関への階段を昇ろうとしたところだったね。何だかねぇ、観念していたのかね。黙って捕まって連れられて行ったよ」

そんなシーンが頭の中に浮かんでしまった。きっと何かのドラマや映画のシーンを脳内で勝手にアレンジしたものだと思うけど。

「やっぱりだけどさ、近所の皆さん、注目していたらしいぜ」

「注目？」

昭がニヤッと笑った。

「警察の車がいなくなったときに、栄枝ばあちゃんはまだベランダから見ていたんだってさ。そしたら何軒かの家から奥様方が出てきたって」

「そうなんだ」

栄枝ばあちゃんが苦笑した。

「誰でも、ずっと車が停まっていたら不審に思うものさ」

「皆、警察だってわかっていたのかな」

「それこそ問い合わせした人もいたかもしれないね」

母さんの作るカレーはポークカレーだったんだけど、栄枝ばあちゃんの作るカレーはチキンカレーだった。僕らは三人ともカレーに関してはポークだろうとビーフだろうとチキンだろうと何でも美味しくいただいていたのでまったく問題ない。むしろ、ばあちゃんのカレーの方がコクがあって美味しいぐらいだ。

皆で好きなだけ皿に盛って、晩ご飯だ。サラダはトマトとレタスとキュウリと大根を切ったものに、自分の好きなものをかける。マヨネーズ派は僕と幸で、昭はドレッシングだ。

栄枝ばあちゃんは、ポン酢をかけていた。母さんは、マヨネーズだった。

「おふくろのカレーはさ、栄枝ばあちゃんの作るカレーじゃないのか」

昭が言った。

「ここにあったルーをそのまま使ってるから同じじゃないのかい?」

「いや、違うよ。栄枝ばあちゃんの方が美味しい」

幸が言うと、おや、ってばあちゃんは微笑んだ。

「そうかい。あたしはわりと時間のかかる作り方をしてるからね」

「玉葱をしっかり炒めるとか？」

僕が訊いたら、そうだね、って頷いた。

「麻里は忙しい家庭の主婦だったからね。カレーはルーを溶かすだけで充分美味しいものさ。玉葱を時間をかけて炒めるなんてことはしないだろう」

でもきっと栄枝ばあちゃんは昔からそうしていたんだろう。それこそ、母さんがまだ娘で一緒に暮らしていた頃から。母さんはばあちゃんの作ったカレーを食べて大きくなったはずだ。その味を、母さんは受け継がなかったってことなんだろう。

「名前はね、坂橋三雄って言うんだよ」

栄枝ばあちゃんは、そう話し出した。

皆がカレーを食べ終わるかどうか、って頃。ばあちゃんはもう食べ終わって、麦茶を飲んでいた。

三雄さんか。

「おじいちゃんの名前なんだね」

幸が言う。

「そうだよ。あたしとは、三つ違いだったね。三つ上の男だった。長々と話をすることも、まぁ出来るだろうけど、簡単に言ってしまえばろくでもない男だったよ」

「長々と話してよ」

幸が言って、ばあちゃんがうん？　って顔をして首を捻（ひね）った。

「そんな話を長々と聞きたいかい」

「だって、たった一人のおじいちゃんの話なんだし」

「ろくでなしの男だよ」

「それでも」

幸が、なんか力を込めて栄枝ばあちゃんに言った。

「栄枝ばあちゃんと結婚して、お母さんのお父さんになった人なんでしょ？」

そうだね、ってばあちゃんは頷いた。

「幸か不幸か、お前たちは本当に親類縁者（しんるいえんじゃ）の縁が薄いからね」

そういう話でも知っておいた方がいいのかね、って言う。

☆

あたしは北海道の札幌（さっぽろ）で生まれたけどね。高校を出てすぐに就職したのさ。その就職先が横浜の製菓会社だった。そう、お菓子を作る会社だね。今もあるよ。名前も作っているものも変わっちまったけど。

　どうして北海道に住んでいたのに横浜なのかってのは、そこの会社を作った人の祖先が北海道に渡ったからなんだよ。そうそう、北海道の開拓にだね。兄弟だったそうだよ。その縁があって、そこの会社のお菓子は北海道でも売られていた。大昔は神奈川と北海道でしか売っていなかったそうだよ。

　それで、あたしは札幌の営業所みたいなところで面接して受かったんだけど、横浜の方に配置されたってことだね。

　嬉しかったよ。若かったからね。札幌も生まれた街だから嫌いじゃあなかったけれども、当時は横浜の方がずっと都会だったからね。

　そこに、いたのさ。あんたたちの祖父もね。麻里の父親だね。面倒くさいから三雄、って呼び捨てにするかね。

　同僚だったわけだよ。

　見栄えはいい男だったよ。朗や幸は、どっちかって言えば三雄に似ているところがあるね。顔の輪郭なんかはそっくりだ。

　そう、麻里もそうだね。輪郭は父親によく似ていたよ。

　性格なんてものは、どうかね。麻里はどっちかって言えばあたしに似ていたんじゃないかね。似た者母子だった。

三雄は、見栄えは良かったけれど、そもそもが身持ちが悪い男だったのかね。身持ちが悪いってのは、要するに女にだらしがなかったってことさ。モテたんだろうね。ただモテるだけならいいけれど、女をとっかえひっかえしても何の罪の意識もないような男だったのさ。

見栄えが良くて、如才なくて、山っ気があってね。

山っ気ってのは、まぁ良い表現をするなら野心家、かね。でも大抵は一か八かに賭けるような、安定性のない性格ってことだよ。

元々は山師という言葉から来てるんだろうね。

山師も知らないかい。山に入って鉱山とかを見つける男たちだよ。あるかないかわからないが一発当てたらデカイ、なんて商売だよ。要するに真面目にコツコツと働くことが馬鹿らしくてしょうがなくて、博打に走ったりするような連中さ。そういうのを山っ気があるって言うんだよ。

まぁ発明家とかね。そういう男たちがいなけりゃ世界中でいろんなものが発展しなかったってのも確かにひとつの事実なんだろうけどね。

本当にデカイ山を当てる男なんてのは、運のいい一握りなんだよ。ほとんどは真面目に働けないただのろくでなしなのさ。

そんな男にどうして惚れたって話になっちまうけど、あたしも若かったしね。あたしもただのろくでもない女だったってことだろうけど、出会ってすぐにぽーっとなっちまったんだよ。

そうだね。

そういう、モテた男がどうしてあたしみたいなのを選んだのかね。

あたしはこの通り見栄えもたいして良くはないし、どっちかと言えば地味な性格の女だからね。

そこのところはよくわからないけど、自分にないものを求めたとか、そんなところかね。男と女なんて、時代が変わってもそこは変わらないだろうさ。惚れたはれたは、誰にもわかんないんだよ。当人たちだってわかんないものさ。

とにかく三雄もあたしを選んで、すぐに結婚しちまった。

社内結婚だったから同僚たちにも祝福されて、まぁ人並みにきちんと結婚式もやって、良かった良かったと思われていたのさ。

結婚してすぐに、麻里が生まれたよ。

そこまでは、良かったよ。

そう、良かったんだよ。三雄も山っ気はあったけれども、真面目に働いていたよ。競馬とかパチンコとか賭けマージャンとか、そういうものは確かにやってはいたけれども、浮気もしていなかったし、あたしとの暮らしをきちんとしていたよ。

楽しい新婚生活をね。

　麻里のせいじゃないけれども、子供が生まれたことで、あいつは生来の山っ気が思いっきり表に出ちまったんだろうね。

☆

「え、よくわからないけど」

　昭が言った。

「母さんが生まれるまではちゃんと栄枝ばあちゃんと楽しく暮らしていたんでしょ？」

「そうだね」

「どうして子供が出来て、その、山っ気みたいなものが出てくるわけ？」

　そりゃあね、ってばあちゃんが小さく頷いた。

「良く言えば、あたしにも子供にも、いい暮らしをさせてやりたい、って強く思ったってことだろうね」

　なるほど、って頷いてしまった。

「いい暮らしってことは、金持ちになるってことだって、単純に思い込んだってことなのかな?」

　幸が言う。

「そういうことだ。金を稼ごうと思うこと自体は悪いことじゃない。世の中お金さ。愛がどうだこうだって言ったって、結局のところ金がないと愛情だって消えちまうような世の中だからね」

　それを言っちゃあおしまいってもんだけど、そういう面はあると思う。いや、愛がどうだって部分もまだ僕はよくわかっていないと思うけど。

　ばあちゃん、何かを思い出すように少し上を見上げた。

「麻里が二歳ぐらいだったかね」

　三雄が家からいなくなったのは、って栄枝ばあちゃんは続けた。

五、血の繋がりってのは、なんだろうね

祖母　坂橋栄枝

家からいなくなったって、と、昭が眼を丸くしたね。

「蒸発したってことか？」

この子は、兄弟の中ではいちばん感情豊かだよね。そして正直者なんだよ。心の動きや思いがそのまま顔や態度に出てしまって隠すことが出来ない性質なんだ。それは決して悪いことじゃあないし、学校では人気者になるかもしれないよ。何せ裏表が感じられないんだからね。友達も安心して付き合えるだろうさ。

だけど、社会に出たときには損をするかもしれないね。まぁ大人になるにつれて自分の感情を表に出さずに済ませることを覚えるものだけど、そうならない子だっているだろうし、そうなった方が絶対にいいってわけじゃないしね。

でも、正直者が馬鹿を見るってのは本当なんだよ。

世の中ってのは、どういうわけかそういうふうにしか回らないものなのさ。七十

年も生きてきたけれど、そう思うよ。そして正直者は馬鹿を見るんだけど、それにも気づかずにずっと正直者で生きられた方が、いいってこともあるよね。

　昭は、普通の会社員とかよりは、それこそロックとか音楽を続けて音楽家になったり、そういう社会の枠に囚われない自由な職業の方がいいかもしれない。でもそれにはもちろん才能も運も必要だから、これから進む道については少し考えてあげなきゃいけないかもしれないね。もう高校二年生なんだ。大学入試とか、進路の話が出ているんだろうからね。

「簡単に言やぁ、そういうことだね」

「仕事を、その製菓会社を辞めて？」

「そうだよ。ただ、あたしたちに黙っていなくなったわけじゃないんだ。会社を辞めてもっとでっかく稼いでくるって言い出してね」

「それは、どうなの？」

「もちろんそんなこと考えなくていいって言ったさ。止めたよ。だけど、家を出ていったよ」

「何をして稼ごうと思って出ていったの？」

　幸が心配そうな表情を見せる。

　大昔の話なのにね。この子は野球なんていう勝ち負けの世界を生きているのに、どうしてこんなに優しい心根なのかね。一応リトルシニアでそれなりの実力を発揮しているらしいけれど、プロ選手には向いていないだろうね。ひょっとしたら指導者とか、そういう方面がいいのかもしれない。

「結局そのときには何をしに出ていったのかはまったくわからないままさ。それで三年ぐらい戻ってこなかった」

「三年?!」

三人同時に言うと、おもしろいね。

ここの家の三兄弟は、性格も顔も三人それぞれにまったく違うのに、根っこのところは一緒だよね。

心根が真っ直ぐで、そしてしなやかなんだよ。

誰に似たのかね。

あたしじゃないことは確かだろうし、麻里でもないだろう。やっぱり父親の研一さんかね。長々と話したことは数えるほどしかなかったけれども、あの人は本当に優しい男性だったからね。

「三年間、母さんと栄枝ばあちゃんは、二人きりで暮らしていたってこと?」

「そうだよ」

「生活費は?」

「あたしが稼いでいたよ。乳飲み子、ってわけじゃなかったけど、まだ小学校に上がる前の麻里を抱えてね」

「何をしていたの」

朗は、長男だけあって、気配りが出来る子だよね。

あたしは麻里しか子供がいなかったし、一人っ子で、兄弟ってものを知らないからわからないけれど、おもしろいね兄弟っていうのは。本当に、長男、次男、三男と役割や性格がそれに応じて出来あがっていくんだよね。

そりゃあ個人差があるだろうけれど、朗は本当に長男という役割が出来る子だよ。

自分のこともそうだけど、弟たちのことを常に考えるのが自然と出来る。それがあたりまえになっているんだよね。そういうのは社会人になって、いざ部下を持ったとき仕事をする様にも出てくるものなんだろうと思うよ。

きっといい上司になるんじゃないのかね、朗は。

「最初のうちはね、多少の蓄えがあったから内職だね。あの頃はね、今もあるのかもしれないけれど、家庭で出来る内職ってのは結構あったのさ。袋張りとか、造花作りとか、ナプキン折りってのもあったね」

「何となくわかるけど、それを家庭の主婦がやってたの？」

「もう四十年も五十年も前の時代だからね。あったんだよ。あぁ、プラモデルの箱やらお菓子の箱を作ったりっていう内職もあったよ。本当に手間賃しか稼げなかったけど、幸いにも部屋を借りていた大家がとてもいい人でね。家賃の支払いを待ってくれたりして、何とかなっていたよ」

思い出したのは随分と久し振りだけれど、苦労したことでも今になってみると懐かしく感じるものだね。改めて思うね。

「その間、じいちゃんからは一度も連絡とかなかったのか？」

「あったよ。手紙でね。二度ぐらいかね。それなりのお金を送ってきたから、一応は何かをして働いていたんだろうさ」

今じゃあ、考えられないけれど、あの頃は部屋に電話だってなかったんだよ。

「なかったのか」

昭がちょっと驚いたように言ったね。

「ようやく普通の家に、普通っていうのはそうだね、ちゃんとしたサラリーマンの家庭に普及した頃だったかね。それでも電話のない家もまだたくさんあったさ」

貧しかった時代、なんて一言で済ませるのにはちょっと抵抗があるけれどね。

「貧しいなんてのは、失礼だよね。あの頃だって皆がそれぞれにちゃんと働いてちゃんと暮らしていたんだから」

ただ、時代が進んでどんどん便利な世の中になっていって、昔が不便だと感じてしまうってことさね。

「ばあちゃんの部屋には電話がなかったんだ」

「なかったね。風呂だってなかったよ」

「風呂は銭湯（せんとう）があったじゃん」

そうだね。銭湯はもちろんあったけれども。

「あの頃は、もらい風呂なんて暮らし方もしていたね」

「もらい風呂？」

「文字通り、知り合いの風呂のある家に行って、お風呂に入らせてもらうのさ。ありがとうございましたー、ってね」

「すげぇ」

笑ったね。そうだよね。今となっては笑えるかもしれないね。

「じゃあ、おじいちゃんからの連絡って、手紙とか、電報？」

そうだね。

「幸は電報打ったことあるかい」

「ないよ」

「手紙か電報。もっとも電報なんて貰（もら）うことはなかったけどね。電話は大家さんのところにあったから、その気になればそこにかけることは出来ただろうけど、来なかったね一度も」

「離婚とか、そういうのは考えなかったの？」

朗が言う。

「稼いでくる、って言われて出ていったんだからね。そんなことは露程（つゆほど）も考えなかったよ。いつかは帰ってくるだろうって麻里と二人で必死に生きていたよ」

「母さんは？　淋（さび）しがったんじゃないのか？」

「そりゃあね」

二歳児だよ。ようやく親を親だとわかってなついて、いなくなったら淋しく感じ始めた頃さ。それから三年間、五歳になるまで一度も顔を見られなかったんだ。麻里に、悲しい思いをさせたのは、本当に申し訳なく思っていたよ。

「淋しいというよりは、五歳になる頃には自分には父親というものはいないんじゃないかって思っていただろうね」

「それでも、帰ってきたんだよね？」

「帰ってきたね」

でっかく稼いで帰ってくるなんて言っていたのに、ボロボロになって戻ってきたよ。

「何をしていたのかね。浮浪者が家に来たかと思うぐらいに文字通りひどい有り様になっていたよ」

麻里は、最初は恐がっていたよ。わからなかったんだろう。見かけも随分変わっていたからね。

「何考えてたんだじいちゃんは」

昭が怒ったように言う。

何考えていたんだろうね、本当に。

「それでもまぁ、戻ってきてくれただけで嬉しかったし、喜んだんだよ」

「そうなの？」

「そうだよ幸。あたしだってまだ二十代の若い女だったんだよ。たとえろくでなしだったとしても、夫が自分の家を忘れずに、家族のところに戻ってきてくれたんだ。嬉しくないはずがないよ」

「それからは家にいたの？」

いたね。

「何年間だったかね。麻里が中学に上がっていたから、十年ぐらいは一緒にいたさ」

十年、ってまた三人で同じ言葉を繰り返した。笑っちゃうよそんなに揃って言われると。本当にお前たちは仲のいい兄弟だね。

「じゃあ、そこでじいちゃんは何か悪いことをして、警察に張り込まれて捕まったってことか」

朗が言うけど、違うんだよ。

「捕まっていないんだよ」

「捕まってない？」

「どういうこと？」

簡単だろう。

「張り込みされて捕まっていないんだから、逃げたんだよ」

その頃はね、あの人もようやくまともになって働いていたと思っていたんだよ。港の近くの港湾関係っていうのかね。船の荷物やらあるいは倉庫の管理とか、要するに貿易品やらなんやらの荷揚げに関する仕事をする会社で働いていたのさ。

「全然違う仕事じゃん」

「そうだね、製菓会社とは随分違うイメージの仕事になっちまっていたね。それでもホッとしていたよ。毎月ちゃんとお給料は貰ってきてくれたしね」

「それなのに」

朗が顔を顰めたね。

さてね。首を傾げるしかないんだけど。いまだに何をやらかしたのかは、わからないんだ。知らないんだよ。

「何をやったんだろうね。悪いことをやったのは違いないけど」

「わからないって、警察来たんでしょう？」

来たんだよ。

「ある日、突然だったね」

偶然だろうけど、夏だったね。いや、初夏だったかね。六月だったかもしれない。麻里は、確か中学の二年生だったかね。

それぐらいの頃さ。

「刑事が部屋に突然やってきたんだよ。そのときには一度引っ越して、前のアパートとは違うところに住んでいた。二階の部屋だったね。木造で台所と居間ともう一つの部屋しかない狭いアパートだったよ」

部屋にやってきたのは二人の私服の刑事だった。

物腰は柔らかかったね。午後三時は過ぎていたかね。いや、四時を回っていたかね。刑事さんがやってきてしばらくしたら、麻里が学校から帰ってきたから。

「逮捕状が出ているって見せられたよ」

「逮捕状」

「びっくりしてね。あの人は仕事に出ているって言ったけど、どうやら会社にはいなかったらしいね。家まで来たんだから、戻ってくるって確信があったんだろうね、警察には。そのまま部屋に上がり込んで待っていたんだ。帰ってくるのを」

「待ってたの？　刑事が家で？」

「そうだよ」

「何かそれ、スゴくないか。そんなこと刑事ってするの？」

今はどうかはわからないけれど、昔だからね。警察も時代によって変わっていってるだろうさ。

とにかく刑事二人が部屋に上がってきて、玄関のところからは見られない位置に座り込んだんだよ。きっと外にも何人かいたんじゃないかね。その辺はわからなかったけれども。

「何をしたんだって訊いたら、何かの密輸に関する罪だって聞かされたね。それ以上は教えてくれなかった。二人の刑事さんは、あたしには優しかったよ。乱暴はもちろんしないし、言葉遣いだってきちんとしていた。驚いただろうし辛いだろうけど、これも亭主のためだってね。罪を償えばまた家族で暮らせる日も来るんだから、ちゃんと協力してくれってね。帰ってきても騒がないでくれよってさ」

「え、でもお母さんも帰ってきたんだよね？」

慌(あわ)てたように幸が言う。

「帰ってきたよ。驚いていたね。刑事二人におびえてもいたよ」

「お母さん、そんな話はまったくしたことなかった」

言えないだろうさ。

「自分の子供たちにはさ」

父親は、あんたたちの祖父は実は犯罪者だった、とはね。

「それを言っちまったら、あんたたちにもその血が流れているってことになっちまうだろう」

「まぁ」

そりゃそうだろうけど、って昭が憮然(ぶぜん)とした顔をしたね。

「別に人を殺したわけでもないんだろ？　それに血縁だからってそういうのが遺伝するわけでもないじゃん。密輸って、要するにじいちゃん何かヤバいものでも輸入したってことだろ？」

だろうね。

「たぶん、ヤクザとかそういう連中に絡(から)んじまったってことだろうね。昔は港を仕切っていたのも、そういう連中が多かったって聞くしね。あたしも本当に詳(くわ)しくはわからないんだよ。何を密輸したのか。そもそもどんな罪だったのかもね。刑事さんたちも最後まで教えてくれなかったよ。これで捕まって裁判にでもなったら詳しくわかったのかもしれないけれど、逃げちまったからね」

そう、逃げたんだよ。

あの人は。

「逃げて、捕まらなかった？」

朗が訊いてきたので、頷く。

「どうやったものかね。誰かの手引きか何かあったとしか思えないんだけど、そのまま行方をくらませたんだよ。警察の包囲網をくぐって逃げおおせたんだ」

「やるなじいちゃん、ってのは不謹慎だよな」

昭が言うけど、確かに不謹慎だけどまぁいいさ。昔のことだし、ドラマにしたらおもしろい話ではあるだろう。

「外から、たぶん外で見張っていた警官だろうけど、逃げたって呼びに来てね。刑事二人は飛び出して行ったよ。あたしと麻里は、ただもう呆然としていたね。何をどうしたらいいのか、二人で長いこと黙って座っていたよ」

「だろうね」

「警察はまた来たんでしょ？」

「もちろん。刑事は何度かうちに来てね。たぶん張り込みもしていたんじゃないかね。そして、二週間ぐらいしてからかね。どうやら海外に逃亡したらしいって教えてくれたよ。万が一、ここに戻ったり連絡があったりしたら、絶対に隠したりしないでちゃんと教えてくれってね」

感心したように、朗が首を振った。

「スゴイね。や、感心したんじゃなくて、まさか身内の、自分の祖父がそんなことをしていたなんて」

「驚きっていうか」

「ドラマみたいだね」

三人で口々に言う。思わず微笑(ほほえ)んじまったよ。

まぁ、自分たちにかかわることだなんて思えないだろうし、もう遠い昔のまるきり関係のないことだからね。悲しんだり、苦しんだり、怒ったりもするかと思ったけど、そういう反応にもなるかね。

「たぶんでしかないけど」

朗が難しい顔をしながら言ったよ。

「じいちゃんが密輸に絡んだとしても、今の話じゃあそんなに大物にも思えないからさ」

「そうだと思うよ」

「きっと、大物と直接結びつく重要な犯人としてじいちゃんが挙げられて、捕まったらマズイから大物がじいちゃんを海外に逃がしたんだね。いくら昔でも、そんなに簡単に海外に逃亡なんて出来ないでしょ？」

あたしも、当時そんなふうに考えたね。海外に行くなんて今よりもはるかに難しい時代だったよ。その反面、裏のルートなんかでは今よりずっと簡単に行けた時代でもあっただろうね。

「密航とかそういうのでね」

「おじいちゃんは、そのまま死んじゃったんだよね？」

幸が言う。

「そう、逃げたまま、フィリピンで死んじまった」

「フィリピン」

そうなんだよ。フィリピンさ。あんたたちの祖父は、そういう男だったんだよ。逃げて、そうして海外でのたれ死んだのさ。

「あたしが遺体を直接確認したわけじゃないけどね。死んだのは確かだよ」

「殺されたってこと？」

それは、わからないね。

「現地の警察からの連絡で死亡を確認したって、刑事さんが教えてくれただけさ」

「刑事さんが教えてくれたってことは、ずっとじいちゃんを捜していたってことだから、やっぱり大物にかかわっていたんだろうね。そうじゃなきゃその時代に海外に逃亡した犯人の行方がちゃんとわかるって珍しいんじゃないかな」

そうかもしれないね。朗は読書家だけあって、そういうことによく頭が回るね。当時の刑事さんもそんなようなことを言ってたよ。

そうして骨だけになって戻ってきたんだよ。

あの人は。

「その刑事さんにはね、朗は会ったことあるよ」

「僕が？」

「まだ小さい頃だったから覚えていないだろうけどね。あたしたち親子に良くしてくれたのさ。夫が犯罪者になって、何もわからずに娘と二人残された不憫な家族ってことでね。品川さんという人なんだけど、何かと相談に乗ってくれたよ」

「そうなんだ」

じゃあ、って朗が少し微笑みながらあたしを見た。

「やっぱりさ、じいちゃんは犯罪者になったけど、巻き込まれただけだったと思うよ。凶悪犯だったら、いくら残された妻子だって刑事さんがそこまで気にかけないんじゃないかな。同情の余地があったからこそじゃないかな」

「そうだそうだ」

あたしの心配してくれるのかい。大昔のことなんだからそんなに気を遣わなくてもいいんだけどね。確かにそうかもしれないね。

「あんたたちには」

大丈夫だね。血の繋がった祖父が犯罪者だったって聞かされても。

「何の関係もない話さ。ただ、血縁があったってだけの話だ。まぁ誰かが警察官になろうとしたのなら一応は調べられるだろうけれど、結局逮捕される前に死んじまったからね。訊いてみたんだよ。朗が生まれたときにね。その品川さんに」

「何を？」

「この子が将来警察官になろうとしたときに問題になるのかって」

「なるの？」

「ならないってさ。まぁ三人ともそんな気はないだろうけれど。あるかい？」

三人で顔を見合わせたね。

「ないな」

「ないね」

「うん」

まぁ、あってもいいんだけどね。

「その密輸とか、じいちゃんにやらせたヤクザとかその辺で恐い目にあったりはしなかったの？　栄枝ばあちゃんも母さんも」

「何もなかったよ」

本当に、驚くほどに何もなかった。

「夫が失踪して、刑事さんと知り合いになったっていうだけのことだったよ」

こんな話を聞かせてよかったのかね本当に。三人とも、何にも知らなきゃそれで済んだんだけど。

「それは、よくわかったよ」

朗が頷きながら言ったね。

「じいちゃんは、バカなことをして死んじまったろくでなしだったんだって、わかった。それで別にショックなんかないし、グレたりなんかしないから安心してよ。だろ？　昭も幸も」

もちろん、って二人とも頷いたね。

「ちょっと驚いたけどさ。どうってことないよ」

「大丈夫」

この子たちは、親が二人ともいっぺんに事故死してしまうなんて、とんでもないことを経験した子たちだよね。会ったこともない、写真すらない祖父の悪さを聞いてもどうってことはないかね。

「でもさ。栄枝ばあちゃん」

「なんだい、朗」

「じいちゃんのそれが、母さんと栄枝ばあちゃんが仲悪くなった原因ってわけじゃないよね？　じいちゃんが、犯罪者になったっていうのが。そんなんで、って言ったら何か母さんに悪いかもしれないけど、死ぬまで会わないなんて言うほどのことじゃないと思うんだけどさ」

そうそう、って昭も幸も頷いたかい。

確かに、そうだね。仲が悪い、か。

「あのさ」

昭が何かを思いついたような顔をしたね。

「栄枝ばあちゃんが札幌に戻ったのって、十五年前だっけ？」

「正確には、十六年前だったかね」

「それまでは、横浜に住んでいたんだろ？」

「住んでいたね」

同じ横浜市内だね。

「ってことはさ、それまではさ、普通におふくろと栄枝ばあちゃんは会っていたんじゃないの？　朗にいが五歳で、俺は一歳とかだろう？　札幌に引っ越したのは」

「そうだね」

昭が生まれて一年くらいしてからだったかね。

あたしが札幌に戻ったのは。

「それぐらいに、何かがあったんじゃないの？　だってさ、二十歳になる前からずっと住んできた横浜から引っ越すって、よっぽどの理由がないとしないじゃん。栄枝ばあちゃんだって横浜に住んでいたって別に良かったんだよね？」

思わず溜息をついちまった。意外と昭は、勘が鋭いんだね。

「確かにそうさ」

この話をしようって決めてずっと話しているけど、本当に話していいものかどうか今も迷っているよ。

「仲が悪いってのはね」

どう言えばいいのかね。知っていることは全部言うつもりではあるけれどね。

「まぁ、そもそもあたしと麻里は、似ていたんだよ。性格とか考え方がね。そうじゃない似た者親子ってのは、うまくいくこともあるのかもしれないけれど、そうじゃないことも多いんじゃないかね。特に、母親と娘ってのはうまくいかないことの方が多いような気がするよ」

たとえ、血の繋がった家族であってもさ。

「あんたたち兄弟は仲が良いし、親子の間も良かっただろうから想像もつかないだろうね。母子で仲が悪いってのが。でもね、あるんだよそういうのは。どうしようもないことなんだ。そもそもが合わないってのはね」

「まぁそれは」

昭が口を尖らせたね。

「わかるよ。友達でも言ってる奴はいるよ。親父のことがイヤでしょうがないから、早く高校を卒業して家を出たいって奴は」

「そうだろう？」

そういうケースがあるのさ。

「あたしもね、それはわかっていたよ。自分の娘と気が合わないってのは悲しいことではあったけれどもね。でも、それならそれで顔を合わせなきゃ済むことだよ。昭が言ったみたいにね」

そうかもね、って三人とも頷いたね。

「何か悲しい話だけど、それはそう思うよ」

「あたしはそんなこと考えていなかったんだよ。麻里は大事な一人娘だよ。あたし

が産んだ子供だよ。大事に育てたつもりだったけれど、向こうが気が合わないって
いうならしょうがないんだ。喧嘩するのも悲しい。離れて暮らしていればそれでい
いって思っていたけれどもさ、二人も子供が生まれて子育てが大変なときに知らん
顔も出来ないだろう？　だからあたしも、麻里がその気になってくれればいつでも
子育てを助けるつもりでいたんだけどね。言われたんだよ」
「何を」
溜息しか出ないけどね。
「自分の子供を育てるのに、あたしがそばにいると嫌なことを思い出すし、それで
自分の気持ちも変になるから、子供たちには近づかないでってね」
びっくりしたね。するよね。
麻里はそんなキツイ言葉を言うような母親じゃないよね。
「嫌なことって？　母さんは何を思い出すって言ったの」
「父親のことさ。あんたたちのじいさんだね。犯罪者になって外国でのたれ死んだ
男はね、自分の娘に虐待をしていたっていうのさ」
言葉が出ないだろう。あたしもそうだったよ。
「それって」
「今は、ＤＶって言うのかね」

「マジ？」

そう言いたくなる気持ちはわかるから、汚い言葉は使うなとは言わないけれど。

「それは、母さんがはっきりそう言ったの？」

「虐待、という言葉は使ったね。覚えているよ。まさかと思って、性的なものかってあたしは確認したけど、そこに関しては首を横に振ったね」

「暴力をふるったってこと？」

幸は本当に悲しそうな顔をするね。

「そういうことだよ。あたしはまったく知らなかったから、訊いたよ。本当なのかって。そうしたら、麻里は怒ったよ。泣いたよ。知らないはずはないでしょうって。知らないふりをしていたんでしょうってね。でもね」

「栄枝ばあちゃんは、何も知らなかったんだね？」

ゆっくり、確認するように朗が訊くけど。

頷くしかないんだよ。

「知らなかったよ。確かに、あの人の仕事の時間は不規則だったからね。あたしも働きに出ていたから、麻里と父親が二人きりになる時間も多かった。それは間違いないんだ。でもね」

あたしは、そんなのは露程も思わなかったし、知らなかった。

「むしろ、父娘の仲が良くていいことだって思っていたぐらいさ」

「それなのに、暴力をふるっていたってか。母さんがそう言ったのか」

言ったんだよ。

苦しんでいたってね。

「ずっと我慢していた。あたしが何も言わないのも恨(うら)んでいた。そうしたら、父親はのたれ死んだ。ある意味ホッとしたのも事実だけど、そう思った自分も嫌だったってね。だから、早く家を出て自立したかったって、さっきの昭の友達と同じことを、麻里も言ったんだよ」

そんなこと、まったく知らなかった。わからなかった。

あたしも、ショックを受けたよ。自分が嫌になったよ。娘のことを何にもわかっていなかったってね。

そもそも、本当に虐待なんてあったのかって疑問を封じ込めるほどに、自分で自分が嫌になって、麻里がそれで心安らかに暮らせるのならってね。

「引っ越したんだよ。北海道にね。遠く離れて暮らすようにしたのさ」

それしかなかったんだよ。あたしたちが、かろうじて親子の絆(きずな)を保つためにはね。

「お互いに遠くに住んでいれば、おいそれと会えないぐらいに離れていれば、誰かに訊かれたって普通に答えられるのさ。遠いのでなかなか会えないんだとね」

いやだね。眼の奥が熱くなってくるのは。孫に涙なんか見せちゃ、この子らも困るよね。

「ごめんね」

ちょっと、拭くしかないね。流れ落ちちゃ困る。

でも、死ぬまで消えない悔い。そういうものがあるってのを見せられたのも、孫のこれからのためになるかね。

六、それぞれの人生って、なんだろうな

次男　稲野昭

眼が覚めたときに、もう今日も暑いなって思って。

エアコンの冷たい空気ってのがなんとなーく身体に合わないってのは、子供のときからだったんだ。おふくろも生きてるときに言ってた。俺は小さい頃からよくエアコンを「消して!」って言ってたって。

何だろうな。暑いのは確かにイヤだからエアコンをつけるんだけど、やっぱり冷えた空気はイヤなんだ。だから、寝るときにはギリギリの温度設定にしてるんだ。そのギリギリのところを見極めるってのが、俺の夏の毎日の習慣みたいになってる。暑くて眠れないってほどでもないけど、でもちょっと暑いかなって感じの温度。

そうしないと、あんまりエアコン効き過ぎてると頭が痛くなるんだ。居間でも俺に合わせてくれてたから、うちの皆ってわりとエアコン効いていなくても平気にな

ってる。居間ではね。自分の部屋では自由にしてるけど。

　でも、今は栄枝(さかえ)ばあちゃんがいるからな。

　ニュースで知ってるけど、年寄りって身体のいろんな調節機能が上手(うま)くいかなくなってきて、家の中でも熱中症で倒れたりするって。

　だから、今は、居間もちゃんと冷やしてる。栄枝ばあちゃんが倒れたりしないようにな。そもそもばあちゃんはずっと北海道にいて、エアコンなんか使っていない暮らしをしてきたんだ。すっかり向こうの気候に慣れちゃって、こっちの暑さと湿気は身体にこたえるって言ってる。

　信じられないよな。エアコンがなくても平気な夏って。どんだけ北海道って避暑地なんだよって思う。

　その他にも北海道にはゴキブリがいないとか、あんまり大きな虫もいないとか、いろいろ全然違う土地。恥ずかしいからあまり人には言えないけど、虫が苦手な俺にとっては天国みたいなところじゃん、って。

　大人になって就職とかするときにはマジで北海道で仕事を探して住もうかなって思っちゃったぐらいだよ。

「あちー」

　起きた。もう起きた。

スマホを見たら、九時半過ぎていた。今日は何にもないからもっと寝ててもいいのにそんなに寝られないんだよな。

体質って人それぞれだよなって思う。兄弟でも全然違う。

朗にいなんか思いっきりエアコン効かしているのに、体調はいつでも万全だ、みたいな顔をしてる。幸は、まぁ普通か。あいつはまだ子供だしな。

俺も子供だけど。

でも、身体って二十歳ぐらいでもう大体完成するって言うじゃん。身長とか体重はいろいろ変わるけど、脳みそとか、その人の身体の基本的な部分は二十歳ぐらいまでに決まっちゃうって。違ったっけ。まぁだったら俺はもう十七歳だから、ほとんど完成形に近いんだよな。朗にいはとっくにもう決まっていて、幸はまだどんどん変化していくってことだ。

俺は、もうちょっとだけ変わるかな。

何が変わるのか全然わかんないけど。

「おはようございます」

「おはようございます」

下に降りていったら、栄枝ばあちゃんが台所のテーブルでコーヒーを飲んでいた。朗にいはバイトと大学で、幸は野球の練習に行っていた。

「今日は何もないのかい」

「ない」

朝ご飯にオムレツとポテトサラダがあった。

「ソーセージを焼くけど、何本食べる？」

「あ、いいよ自分でやる」

「そうかい？」

何でも自分で出来るように、少しずつでもやる。ソーセージは二本、いや三本でいいか。

「トーストは一枚かい」

「いや、二枚」

栄枝ばあちゃんがトースターに入れてくれた。それはまぁ簡単なことだから自分でやるって言わなくてもいい。

「後でね」

「うん」

「お客さんが来るよ。十一時ぐらいにはって言ってたね」

「お客？」

誰が来るっていうんだ。もう親父もおふくろもいないこの家に。

「誰？」

親戚？　でも親戚は客って言わないよな。

「お父さんの会社の人だよ」

「親父の？」

　会社の人。

「同僚、とかって人か」

　そうだね、って栄枝ばあちゃんは頷いた。

「何でも同期入社だったそうだよ。仲が良かったんだけど、一年ほど海外勤務をしていたらしいね。お線香を上げたいって電話が来てね」

「へー」

　海外勤務。そうか、親父のいた建設会社って確か海外支社があったよな。親父には縁がなかったらしいけど。

「会うのが面倒ならどっか遊びに行ってきな。あたしが相手をするから。家にいるんなら息子として、遺族としてきちんと挨拶しなきゃならないからね」

「あぁ、オッケー」

　遺族としての挨拶は、さんざんやった。葬式のときに。マイクの前に立ってちゃんと挨拶したのは朗にいだけど、俺も幸も、何十回も頭を下げた。ありがとうございましたって。何がありがとう、なのかはよくわかんなかったけどさ。

「普通に、いるよ家に」

「そうかい」

昨夜は、変な時間が流れた。

いつもは栄枝ばあちゃんが寝た後には、兄弟で居間のソファに座って、テレビのニュースを観ながらなんだかんだ話す。好きなもの飲んでお菓子食べて、録画した映画やドラマを観たりすることもある。

昨夜は、なかなか話せなかった。

話そうとするんだけど、何となく話せなくなった。会ったこともないじいちゃんの話を聞いて、そして栄枝ばあちゃんとおふくろの間にあったいろんなことの、とんでもない話を聞いて。

変な雰囲気だった。悪い感じ、っていうんじゃなかったけどさ。どうやって話していいもんだか三人ともわからねぇ感じで。

おふくろが、父親からDVを受けていた。

それを、栄枝ばあちゃんも知っていたはずなのに知らないふりをしていたっておふくろは思っていた。だから、おふくろは、栄枝ばあちゃんと会おうとしなかった。死ぬまで会わないって思っていた。まぁどっちか死んじまったら会えないのはあたりまえなんだけどさ。

　ぶっちゃけ、嫌っていた。憎んでいた。

　栄枝ばあちゃんは、おふくろがそんなふうに思っていたなんて、まったく知らなかったって言ってた。

「わかんねぇよな」

　わかんなかった。

　おふくろのその気持ちは、どんな気持ちなのか。どんな感情だったのか。たとえば俺たちがばあちゃんに会いたい、なんて言ったときにおふくろはどんな気持ちになっていたのか。

　俺たちがもしもばあちゃんに会えないのはどうしてなんだって問い詰めたときに、おふくろはそれをきちんと説明しようと思っていたんだろうか。いや朗ににいには何となく言ってたんだから、全員で問い詰めたら話したんだろうか。

　そんなふうに、何もかもわかんなくて、三人で話してもきっとわかんないってのがわかったから、しばらくの間、何も話せなくて変な時間が流れたんだ。

☆

「お母さんはさ、ずっと嫌いだったのかな。栄枝ばあちゃんのことが」

幸がクッキーを食べながら言った。テレビではニュース番組の司会者が、どっかの国の戦争のニュースを喋（しゃべ）っていた。

俺と朗にいはなんか顔を見合わせちゃった。お互いにやっぱりそこから話すしかないよな、お前は何て言うんだ、みたいな感じの雰囲気になって。

「嫌いどころか、憎んでいたんじゃないのかな」

朗にいが言った。

「一生、死ぬまで会わないって言っていたんだ。それは嫌いどころの話じゃなくて、憎んでいたってことだろう」

憎む、か。

そうだよな。そういう強い気持ちなんだよな。

「わかんねぇな」

「何がわかんないの？」

幸が首を傾（かし）げた。

「憎むっていう、気持ちだよ。嫌い、ならなんとなくわかるけどさ。学校に嫌いな奴はいるしな」

「いるのか」

「いるよ。朗にいはいないか？　嫌いな奴」

うーん、って考えた。

「そんなに意識はしないなー。嫌いってほどには」

「マジか」

「僕は、いるかも。嫌いっていうか、苦手？　近寄ってほしくないって子はいる」

ちょっと顔を顰めながら幸が言う。

「だろう？」

でも、朗にいはそうなのかもしれない。わかんないけど。

「朗にいはあれだよ。誰に対してもなんかおんなじふうに接するから、そうなるんだよ」

だからカノジョも出来ないんじゃないかって思う。

「それは、どうかな。でも、憎む、って気持ちはわかるよ僕は」

朗にいが簡単に言った。

「え？」

なんで。

「嫌いな奴がいないのに、憎むって気持ちはわかるのか?」

訊いたら、頷いた。

「僕は、憎むよ。たとえば子供を殺した奴とか、女の子を強姦(ごうかん)した奴とか、そういう連中のニュースを知ったらその瞬間にはそいつらを憎んで、殺してもいいって思うけどね」

「殺すのかよ」

「殺さないけどさ。犯罪者にはなりたくないから。でも、もしも犯罪者にならない手段があるんだったら、そういう連中を殺してもいいって思うな」

怖っ。

「朗にいってそんな男だった? ヤバいじゃん」

「だから」

笑った。

「たとえば超能力とかさ、そういう力があったらって話だよ。現実には人を殺したら犯罪者になって皆に迷惑を掛けるからしないよ」

「え、じゃあ」

幸だ。

「もしも朗にいが、この世に家族なんかいなくて、一人っきりだったら、そういう悪い奴らを憎んで殺しちゃうかもしれない？」

「あー」

そうだね、って朗にいが言う。

「現実にはあり得ない、って意味では超能力と同じだけど、もしも天涯孤独で迷惑を掛ける人が誰もいなかったらね。そんなこともしちゃうかも。でも、いくら天涯孤独でも育ててくれた誰かはいるんだから、きっとしない」

「それは、そうだね」

「気持ちが大きいか小さいかの問題だよ。昭だって女の子を強姦したなんて男が眼の前にいたら怒るだろ？」

「怒るね」

「その気持ちをどう処理するかってことだよね。僕は大きくしちゃって、たぶん疑似的に憎む、っていうところまで持ってっちゃうってこと。昭はそこまで持っていかない」

「そっかー」

でも、めっちゃヤバい人じゃん。

朗にいも。

「確かに俺はそんなところまで考えられないけどな。人を憎むなんて」

「そういうことをされたことないからじゃないか？」

　朗にいが言う。

「え、まさか朗にい、イジメとかされてた？」

　笑って手を振った。

「されてないよ。一般論として、だよ。人を憎む気持ちがわからないってことは、少なくともめっちゃ幸せな人生を今まで生きてきたってことだよ。憎んだ人がいないんだからね。だからさ」

　ちょっと息を吐いた。

「母さんが、たぶんだけど栄枝ばあちゃんを憎んで生きてきた母さんが、僕たちをそういうふうに育ててきたってことがものすごく、何て言うか」

「あぁ」

　そうか。そういうふうに考えるのか。

　たった一人の肉親である母親を恨んで、憎んで生きてきたのに、自分の子供たちには憎むなんて気持ちを起こさせないように育ててきた、か。

「反面教師、って言葉を聞いたことがあるけど」

　幸が言った。

「自分がそうだったから、自分の子供たちには、ってことになるのか」

「でもさ、そう言っちゃうと栄枝ばあちゃんが本当に悪者みたいじゃん。ばあちゃんはお母さんがそんなふうに思っていたなんて、おじいちゃんがDVしていたなんて知らなかったって言ってるんだからさ」

「そうだね」

わからないんだ。おふくろは死んじゃったから、その前にじいちゃんはずっと昔に死んじゃったから、本当におふくろにDVとかやっていたのかも、わからない。おふくろがそう思っていただけかもしれない。

「栄枝ばあちゃんが、言っていいものかどうか悩んだのもわかるよね」

幸が言う。

「僕たちは、どう考えればいいのかって、思っちゃうね」

「思わなくてもいいんだよ。考えなくてもいいんだ」

朗にいが、少し真剣な顔をしながら言った。

「そういうことをさせたくないから、母さんは黙っていたんだ」

「でも、朗にいには何となく言ったんだよね」

「いつまでも隠しておけないって部分はあったんだろうね。だから、僕たちが大人になって訊かれたら、栄枝ばあちゃんには会わないんだっていうところだけは説明しようと思ったんだろう」

☆

何も結論っていうか、納得っていうか、そんなのが出ない話をあーだーこーだして、終わった。

もうおふくろは死んでしまった。栄枝ばあちゃんは自分の娘に嫌われたまんま、憎まれたまま今も生きて、残された俺たちの面倒を見てくれている。大事な孫って思ってる。

そういうことでいいんじゃないかって。

「人生、いろいろか」

そんな歌があったよな。演歌だけどさ。演歌は好きじゃないけど。

きっとこの先の俺たち兄弟の人生には、おふくろと栄枝ばあちゃんの、確執？そういうのはずっと残っていくんだろうなっていうのは、わかった。そして、それも含めて俺たち兄弟の人生なんだろうなって。

栄枝ばあちゃんが、仏壇にろうそくの火を灯して、線香を焚いた。線香の匂いが居間に流れている。線香の匂いは嫌いじゃないけれど、こうやって家の中に流れていくのはあんまり好きじゃない。蚊取線香ならいいんだけどな。

親父が、蚊取線香が好きだったんだ。夏になったら必ず蚊遣り豚を出してきて、蚊取線香を焚いていた。

電子のやつとかあるのに、『夏はこれだ』とか言って毎日自分で火を点けていた。蚊遣り豚も好きらしくて、うちには五個、蚊遣り豚がある。そのうちに俺たち兄弟が家を出て行くときには、それぞれ一個ずつ持っていくか、なんて話をしたこともある。

「来たね」

ばあちゃんが外を見て、ゆっくり玄関に歩いていった。ピンポン、って鳴って、声がして。

入ってきたのは、何だかめっちゃシブイおじさんだった。髪の毛がほとんど銀色になっていて、それをきちっとウェーブをつけて固めていて。黒縁眼鏡で、身長も結構高い。親父よりとんでもなくイイ男。

居間で待ってた俺を見て、頭を下げた。

「初めまして」

「どうも」

した」
「川西浩次と言います。お父さんとは、同期入社で、仲良くさせていただいていま
　そう言って、少し微笑んだ。
「君は、次男の昭くんかな？」
「あ、そうです」
　よくわかったな。川西さんは、小さく頷いた。
「音楽をやってるってお父さんから聞いていたからね。すぐにわかった」
　なるほど。ってことは、この川西さんも若い頃はなんかやっていたんじゃないいん
か。この人、ちょっと坂本龍一みたいな雰囲気もある。
「どうぞ」
　仏壇の前には座布団も置いておいた。川西さんは、腰を少し折り曲げながら居間
を横切って隣の部屋に入って、静かに座布団に座った。
　親父とおふくろの遺影、写真は、葬儀に使ったものじゃなくて、二人で映ってい
る写真をアルバムから取って、そこに飾っておいた。最近のものじゃなくて、たぶ
ん二十年ぐらいも前に撮ったすっごく若い頃の二人。
　川西さんは、線香を取ってそれに火を点けて、立てた。それから手を合わせて、
長い間ずっと拝んでいた。

手を離して下ろしても、ずっと仏壇に飾ってある親父とおふくろの写真を見ていた。本当に本当に長い間、見ていた。

俺は、何もすることがないから後ろの方にばあちゃんと一緒に並んで座ってずっとその背中を見ていた。きっと、川西さんは泣いていたと思う。手を眼の方に上げてぬぐうような仕草をしていたから。

ようやく川西さんが、動いた。

座布団からずれて、こっちを向いて、頭を下げた。

「ありがとうございました」

そういうふうに言うもんだって、栄枝ばあちゃんに教えてもらったから、ちゃんとやってる。今までにも何人もの人がこうやって線香上げに来たから。

「どうぞ。今麦茶をお持ちします。アイスコーヒーがよろしいかしら？」

ばあちゃんがソファを勧めて言うと、川西さんは恐縮して頭を下げた。

「申し訳ないです。ではお言葉に甘えて、アイスコーヒーを」

「昭は？　何か飲むかい？」

「あ、じゃあ俺もアイスコーヒー」

ばあちゃんが頷いた。ガムシロップとコーヒークリームを入れたらアイスコーヒーは美味いってことが最近わかったんだ。

「あの、川西さんは、親父とは仲が良かったんですか」

訊いてみた。興味があったから。川西さんは優しく微笑んで頷いた。

「入社する前からだから、三十年近く、ずっと親しかった。仲良くというのは、この年では恥ずかしい言い方だが、仲良かったよ。私たちは」

「そうなんですね」

親父の友達なんか、まったく知らない。ばあちゃんがアイスコーヒーを持ってきて、置いた。川西さんが、いただきます、って言って一口飲んだ。それから、俺じゃなくてばあちゃんに向かって言った。

「稲野とは、同じアパートに住んでいたこともありました」

「おや、そうなんですか？」

栄枝ばあちゃんが少し驚いた声を出したから、知らなかったんだな。

「では、あの帷子川沿いのアパートですか？」

「そうです。ご存知でしたか」

ばあちゃんが頷いた。

「麻里と付き合い出した頃に、住んでいたところですよね。そう聞いたことがありますよ」

そうですそうです、って川西さんが嬉しそうに頷いた。そうだったんだ。同じアパートに住んでいたのか。

「じゃあ、本当に友達だったんですね？」

「そうだよ。実は同僚になる前から友達だった」

親父は、孤児だ。施設で育ったから家族は一人もいない。っていうかわからない。本当に天涯孤独だったんだ。もちろん、施設でお世話になった人や、一緒に施設で暮らしていた仲間はいたんだろうけど、そういう人たちの話も聞いたことはなかった。

「彼はとても成績優秀な男で、あ、親がいなかったのはもちろん」

「知ってますよ」

ですよね、って頷いた。

「孤児でしたが、援助を受けて大学にも進んだんです。そこで、私と知り合いました。ですから大学から同期だったんです。と言っても学部は違ったので、知り合ったのはそのアパートに引っ越した大学三年のときだったんですけど」

そんなに昔から友人だったんだ。

「親父って、どんな男だったんですか？」

そんなこと訊こうなんて全然思っていなかったのに、言ってしまった。言ってから自分でちょっとびっくりした。

川西さんは、俺を見て、ちょっと眼を大きくさせた。

「君の父親、ということではなくて、一人の男として、という意味でだね？」

「そうです」

ばあちゃんも俺を見てちょっとだけ顎を動かしただけで何にも言わなかった。川西さんがちょっと上を見て考えるような仕草をした。

「昭くんは、お父さんはどんな人だと思っていたのかな？」

「親父は」

真面目で、無口。話しかければ答えるけれど、自分から俺たちに何か言ってくることはほとんどなかった。

「酒も飲まなかったし、唯一の趣味は囲碁」

だから、どんな男だったかって考えると。

「あんまりおもしろくはない男。父親としては、優しかったし良かったんだと思うけど」

川西さんは、うん、って頷いた。

「真面目な男というのは、確かにそうだったね。でも、稲野は実はかなりおもしろい男だったんだよ」

「おもしろい？」

全然結びつかないけど。親父と。川西さんは少し笑った。

「人を笑わせるのが好きだったよ。あいつはお笑い芸人になろうなんて考えていたこともあったんだよ」

「お笑い⁈」

びっくりだ。ばあちゃんも驚いていた。

「全然、そんなのなかったですよ⁈」

「そのお笑いっていうのも、何て言うかな、シュールというか、人とは違う感覚を持っていた。だから芸人というより、たとえば脚本家とか、放送作家とか、そういう方面の才能を持っていたんじゃないかな」

本当にびっくりだ。

「テレビなんか全然観ていなかったですよ」

「それは知らないけどね。でも若い頃はあいつの考えるギャグや、ちょっと不思議な話で酒の席ではよく皆で笑ったり、ネタにしたもんだよ」

「そういえば、麻里が言ってたね」

栄枝ばあちゃんが言った。

「話がおもしろいんだって。作家になったらいいいんじゃないかなんてね」

「そうなの？」

親父にそんな面があったなんて。川西さんが、ちらっと仏壇の方を見た。

「あいつは早くから麻里さんとの結婚を考えて、家族を作りたがっていたから。仕事も堅実に、ちゃんとしたところを考えていた」

だから、って俺の方を見た。

「自分のそういう才能とかは考えないで、家族をちゃんと守ることを優先したんだろうね。営業マンとして、本当に有能な男だったよ」

家族か。

「自分が孤児だったからね」

ばあちゃんが、少し淋しそうに微笑んだ。

「早く子供を欲しがっていたよ。朗が、長男の朗が出来たってわかったときには、そりゃあもう喜んでいたよ。麻里よりも研一さんの方がずっとずっと喜んでいたね」

「言ってました」

川西さんも頷いた。

「子供たちを育てることが、家族を守ることが自分にとっての生き甲斐なんだってね」

そんなこと、言ってたのか。親父。

「全然、俺たちにはそんなふうに見えなかったけど」

優しかったけれど、家族がいちばん大事なんてことを言ったこともないし。

「お前たちが風邪を引いたり、何か具合が悪くなったときには、本当に心配していたよ。自分の命を削ってもいいから早く治ってほしいと思っていたはずだよ、研一さんは」

ばあちゃんが、仏壇の方を見て言った。

「いい婿さんを貰ったって、あたしは喜んでいたんだよ。この人なら一生娘を大事にしてくれるってね」

川西さんが、栄枝ばあちゃんの言葉を聞いて、頷くように下を向いた。でも、そのまま少し何かを考えるようにじっとしてから、急に顔を上げた。

「しばらく海外に行っていました」

そう言って真剣な顔をしてこっちを見た。

それは聞いていたので頷いた。

「帰ってきたら、私がですが、もっときちんと話し合おうと、つまり稲野とそう話していたことがあるのです」

話し合おう、ってことは。

「何か、話し合わなきゃならない問題があったってことですかね」

ばあちゃんが訊いた。川西さんは、苦しそうな、困ったような顔を見せた。

「今日お伺いしたのは、もちろん稲野に、麻里さんに会いに来たのですが、それに加えてそのことをお話しした方がいいのではないかと思ったからです」

栄枝ばあちゃんと顔を見合わせた。俺はまだガキだけど、川西さんがマジなのは、わかる。

「どんなことなのでしょう」

川西さんの眉間に皺が寄っている。

「長男の朗くんは、もう二十歳でしたね」

「あ、二十一です」

もう大人だ。

「遺された、家族の問題になってくると思います。全員の前でお話しした方がいいと思うのですが」

家族の問題って、なんだ。

「これは、私しか知りません。稲野はそう言っていました。もちろん麻里さんも何も知らないはずだと」

ヤバいんじゃないのか。

「なんか、借金とかあるってこと？　ですか？」

川西さんが首を横に振った。

「そういうことではないよ」

本当に川西さんは、済まなそうな苦しそうな顔をしている。

「家族を大事にしていたという話をしておいて、本当にそれはなんだ、という話になってしまう。でも、事実なんだ」

大きく息を吐いて、川西さんが言った。

「稲野は、別のところに、もうひとつの家があります」

もうひとつの家？

「え？」

思わず声が出た。栄枝ばあちゃんを見てしまった。

「それは、研一さんが浮気をしていた、という意味でしょうか？」

ばあちゃんの顔がものすごく険しくなっている。

「そういう、話です」

川西さんが、唇を歪めて、頷いた。

七、家族って、なんだろうな

三男　稲野　幸

びっくりすると眼が丸くなるって本当なんだなって、思った。

朗にいの眼が、とんでもないぐらいに真ん丸く大きくなってそのまま五秒ぐらい固まっちゃっていた。こんなに驚いている朗にいを見たのは生まれて初めてかも。

僕も、そうだった。

自分で自分の眼が大きく開くのがわかった。

開いたまま、そして何にも言えなかったんだ。本当に驚いたときには声も出ない、って何かの小説で読んだ気がするけど、そうだったんだね。

ただ、固まっていたんだ。

「まぁ、驚くよな」

昭にいが頷きながら言った。栄枝ばあちゃんは唇をへの字にしていた。朗にいが壁に掛かってる時計を見た。

「その人、八時に来るって？」

「そう。晩ご飯が終わった頃に来るって」

皆のいる前で話した方がいいだろうって。その川西さんっていうお父さんの同僚だった人が言ったらしい。

「父さんに、別の家族？」

「そう」

「マジでか」

「マジらしい」

昭にいが頷いて、朗にいがおでこに手を当てて、考え込むようにして下を向いてしまった。

それからすぐに顔を上げて言った。

「栄枝ばあちゃんがいたんだから間違いないんだろうけど、その川西さんは本当に父さんの同僚なんだよね？」

「おそらく、間違いなくね」

栄枝ばあちゃんが頷いた。

「おそらくなの？」

「ご焼香に来てくれた人の身元照会をその場で、その人がいる前でする人間がいるかい」

まぁそうだけど、って朗にいが頷く。

「でも、そこは間違いないだろうさ。まだ研一（けんいち）さんが就職する前から、学生時代からの知り合いだって言ってたしね。昔の話もきちんと筋が通っていた」

「学生時代に同じアパートに住んでたんだってさ」

「そうなのか」

「詳（くわ）しくは、また話してくれるんだよね？」

訊いたら、栄枝ばあちゃんが頷いた。

「そのために、来てくれるんだよ。家族全員の前で話した方がいいだろうってね」

うわー、って朗にいが小さく呻（うめ）くようにして言った。

「なんだい」

「いや、その川西さん、どんだけの決心っていうか、思いっていうか、めっちゃ重たいもん抱えてどんな気持ちでここに来たのかって考えたらさ」

重たいもの。

栄枝ばあちゃんも溜息（ためいき）をついた。

「本当にね」

「想像つくか昭、幸（こう）」

朗にいが僕たちを見る。

「よくわからないけど」

「親友なんだろ？　何十年も一緒にいたきっといちばん仲の良い友人だったんだ、その川西さんと父さんは。もちろん母さんもずっと友達だったんだろう？」

「そう言ってたぜ」

「川西さんにしてみたら、親友の父さんとそして母さんの二人が海外赴任中に事故でいきなり死んじゃってさ。それだけでも悲しくて辛いのに、父さんが、ここととは別に家族がいるっていうとんでもないことを秘密にしたまま、たぶん川西さんしか知らない事実を持ったまま父さんは死んじまったんだよね？」

そういう、話になるんだ。

まだなんかくらくらするぐらいに頭の中の整理が付かないんだけど。昭にいも眉間に皺を寄せて頷いた。

「それを、告げに来るんだ」

朗にいが、ちょっと身体を震わせた。

「言わなくてもいいことかもしれないけど、言わなかったら僕たちとその別の家族の間でどんなトラブルが起こるかわからないし、起こらないかもしれないけどずっと秘密にしておくわけにもいかなくて。言わなかったことを後悔するような出来事が起こるかもしれなくて」

朗にいが言ってて自分でもどんどん混乱していくのがわかった。最後にはまた頭を抱えた。

「僕には、無理だね」

無理って。

「その秘密を抱えているだけならいいよ。黙っていれば平和なんだから。実際うちは平和だったんだ。父さんがどんなふうにしていたのかはわからないけど。でも、父さんは死んでしまった」

重たいものって、あまり実感湧かないけど。

「川西さんだけが、何かあったときに真実を知っているってことになっちゃったんだってことだね？　そんなものを抱えて生きていくなんて、朗にいは無理だってこと？」

「そういうこと。うわー、鳥肌立つよ」

栄枝ばあちゃんがまた溜息をついた。

「そういうことが起きてしまうんだよ。長いこと生きていればね。墓場まで持っていくような秘密のひとつやふたつは、大きい小さいの違いはあっても誰でも抱えてしまうのさ。でも、確かに」

首を横に振った。

「川西さんは、墓場に持っていく前に当の本人が死んじまったんだからね。持っていきようがなくなっちまったんだよ。ご迷惑とご心労をお掛けして申し訳なかったって、こっちはお詫びしなきゃならないさ」

「でも」

昭にいだ。

「本当かどうかわかんねぇよな。まだ何にも聞いてないけどさ」

「そんなとんでもない嘘をついたって、川西さんには何の得もないだろう」

朗にいが言った。

「これで、その川西さんが解決してやるから金を払えとか言い出したらそれは詐欺だろうけどさ」

そうか。そんな詐欺もあるんだ。

「でも、そんな人じゃなかったんでしょう？」

栄枝ばあちゃんも昭にいも頷いた。

「いい人だよ、きっと」

「俺もそう思う」

じゃあ、もう話を聞くしかないんだ。

「全員揃ったところで、って言ったけどさ。たぶん、ショックを受けないように小出しにしてくれたんだと思うぜ」

昭にいが言って、栄枝ばあちゃんも頷いた。

晩ご飯は五目ちらしとすまし汁だった。お客さんが後から来るんだから、家の中に強い匂いの残らないものにしたんだって栄枝ばあちゃんが言った。

そういうのって、きっと栄枝ばあちゃんは僕たちに普通の生活の中の行儀作法とか、マナーとか、その辺のものを暮らしていく中で教えているんだと思う。そういうふうには言わないけれど、いつの間にかいろんなものが身に付くようにってことじゃないかな。

いつもより少し早めにご飯を食べて、八時前には栄枝ばあちゃん以外はお風呂にも入ってしまった。

五分前にはきっと来るだろうって栄枝ばあちゃんがコーヒーメーカーをセットしてちょうどコーヒーが落ちるようにしていたら、本当に五分前にインターホンが鳴った。

朗にいが出て、玄関には栄枝ばあちゃんが行った。

居間に入ってきた川西さんは、背が高くて渋くてすごくカッコいいおじさんだった。俳優にしてもいいんじゃないかって思ったぐらい。黒いジャケットを着て、白いシャツ。黒いジーンズを穿いていた。

　悪いけどお父さんと比べたら、全然違う。こんな人が友達、親友だったんだって。でも、一度も会ったことがないって思ったけど、考えてみたらうちにお父さんの友達が来たことなんかなかった。

　川西さんは居間のソファに座ってもらって、その向かい側のソファに栄枝ばあちゃんと朗にいが座った。

　大人代表だ。

　僕と昭にいは子供なので、そしてソファも足りないので台所の椅子を一つ持ってきて昭にいが座って、僕は床に座った。練習で座り慣れているから、この方がいい。

　川西さんは、本当に遅くに済みません、って僕たちを見回して、それから栄枝ばあちゃんが淹れたコーヒーを一口飲んだ。

　そして、小さく息を吐いてから、言った。

「改めまして、皆さんにご挨拶させていただきます。川西浩次という者です。君たちのお父さん、稲野研一くんとは学生時代からの友人で、そして会社でも同期で同僚でした」

名刺を出して、テーブルの上に置いた。見たことある。お父さんの会社の名刺。

「会社では、お互いに唯一の親しい友人でした。それは間違いありません」

それから持ってきた鞄から封筒を取り出した。

「話の内容が内容ですので、私が本当に稲野と親しいということを証明しないといけないと思いましてね。これを持ってきました」

写真だ。

若い頃のお父さんが写っている写真。

「一緒に写っているのは、私と大学の同級生ですね」

指差したのは、確かに川西さんの若い頃だった。川西さんがほとんど変わってないのにちょっとびっくりした。

「他にもいろいろ写真はありました。一緒に旅というか、ドライブに行ったことも多いので」

「お母さんだ」

どこかの湖みたいなところで、四人で写っている写真。川西さんとお父さんとお母さんと、そして知らない女の人。

「結婚前です。まだ恋人同士だった頃ですね。私と肩を並べている女性のことは訊かないでください。この当時付き合っていた女性で、妻ではありません」

少し笑ったので、僕たちもあぁなるほど、って頷いた。

「本当に、親しかったのですね」

栄枝ばあちゃんも少し笑みを浮かべて、写真を見ていた。若者の、お父さんとお母さん。うちにもこういう写真は何枚かあって、前に見たことある。死んじゃってからは一度もアルバムを開いていないけど。

「もちろん、昨今はこんな写真はパソコンで簡単に作ってしまえるのでしょうけれど、私にはそんな技術はありません」

「いや」

朗にいが軽く手を上げた。

「確か、この写真、うちにもあります」

「そうなの？」

「あるよ。見たことある。待ってて」

朗にいが立ち上がってお父さんの部屋まで急いで行って、すぐに戻ってきた。手にはアルバムを持っていて、それをテーブルの上に広げた。

「えーっとね、あぁ、ほらこれだ」

「あ、そうですね」

ちょっと違うけど、同じときに撮った写真っていうのはすぐにわかった。

「これ、誰が撮ったんですか?」

昭にいが訊いた。

「近くにいた観光客だね。これは富士五湖に行ったときなんだよ」

そういうことか、って昭にいは頷いた。

「ということは、川西さんは母とも親しかったんですね?」

朗にいが訊いたら、ちょっとだけ首を傾げながら頷いた。

「親しいか、と訊かれたら、確かに親友の奥さんだから親しいと答えるね。ただ、私は稲野の奥さんとしての麻里さんしか知らないんだ。しかも、会っていろいろ話しているのは若い頃、何回か一緒に旅行したり、君たちが生まれる前に家にお邪魔したときぐらいだからね。顔を合わせた期間にするならこの何十年の間でほんの数十日分だろう。だから、子供である君たちよりずっといろんなことを知ってるってわけではないね」

友達の奥さんなんてのは僕には全然わからないけど、きっと友達の妹とかって考えたら、それはわかるなって思った。仲良しの友達で妹にも何度も会ってるから親しいけど、何でも知ってるかって言われたら全然わかんない。

朗にいはゆっくり頷いていた。

「わかりました。それで、どういうことなのでしょうか。父に、別に家があるっていうのは」

川西さんも、小さく頷いた。

「まず、事実として」

僕たちを見回した。

「稲野には、東京に奥さんとは別に愛した女性がいます。その女性との間にまだ小さな子供もいます。つまり、ここことは別に家が、家族があるのです」

その話をしに来たってわかっていたから、頷くしかなかった。

でも、東京だったのか。

「最初からお話ししますね？」

これにも、僕たちは全員が同じように頷いた。

「きちんとお伝えするために、整理をしてきました」

そう言ってから、ジャケットの内ポケットから折り畳んだメモみたいなものを取りだして、広げた。

「若干の記憶違いがあるかもしれませんが、すべて、私が見聞きした事実です。伝聞、つまり人から聞いた話などは含めていませんし、そもそもこの事実を知っているのは私しかいないはずです」

また僕たちを見回したので、それぞれが頷いた。

「十年前です。長男の朗くんがまだ小学五年生のときでした。昭くんは七歳で幸くんは四歳だったでしょう。その頃は私も稲野も同じ部署で働いていました。稲野の部下だった女性社員が突然出社しなくなることがありました」

川西さんが、一度言葉を切った。

「名前は、杉下由美江と言います。その当時で二十八歳でしたから、今は三十八歳になっています。稲野と私もその当時は四十歳と四十一歳でした」

皆で頷いた。

杉下由美江さんっていうのか。二十八歳と四十歳って、十二歳の差だ。一回りって言うんだそういうの。

「何故出社しないのか。稲野は上司として彼女に連絡を取ろうとしました。彼女は家族と暮らしていたので、そちらに電話したりしたのですが、どうにも連絡が付きません。家の電話にも、彼女のスマホにも誰も出ないのです。これは、何かとんでもない事故や事件に巻き込まれたのではないかと、私と一緒に彼女の家に直接出向きました」

「何か、あったのですか」

朗にいが訊くと、川西さんは大きく頷いた。

「杉下くんは、小さなアパートで父親と二人暮らしだったのです。母親は彼女が高校生の頃に病気で亡くなっていました。もちろんそれは入社時にわかっていたことです。その父親も家にいない。親兄弟ならまだしもその他の親戚まで会社は把握しません。そして父親がいない以上、もう私たちに杉下くんがどうしたのか調べる手段はなかったのです」

「その父親の会社とかは？」

朗にいが訊くと、川西さんは頷いた。

「会社ではなく、喫茶店を経営していたのですが、既に営業を止めていました。正確には店自体はありましたが、経営者が代わっていたのです」

少し顔を顰めて、川西さんは続けた。

「病気などで二人で部屋の中で倒れている可能性もありました。アパートの管理人に頼み、鍵を開けてもらいましたが、誰もいませんでした。そこで暮らしていた形跡はありましたが、突然失踪してしまったかのようでした」

失踪。お父さんと二人で？

「どうやら杉下くんの父親は多額の借金を抱えていたようです。ギャンブル狂いであったと」

そっちか、って小さい声で朗にいが言った。

「取り立ての催促もあったようです。もちろん杉下くんには弁済義務はないのですが、彼女も父親の借金を返すのに苦労していたとか。これは同じアパートに住む人や、彼女と同期の人間から話を聞き取りしたものです」

「つまり、その借金から逃げるために失踪したってことですかね？　親子二人して？」

栄枝ばあちゃんだ。

「あの段階ではそう判断するしかありませんでした。会社としては、警察に相談してその借金と二人の失踪に事件性がないかどうかを調べてもらうことしか出来ませんから、そのようにしました。直接の上司である稲野も、仕事を放っておいて彼女を捜すことは出来ませんからね」

それは、そうだろうって僕でもわかる。

子供が行方不明になったら大変だって捜すけど、大人が行方不明になっても失踪者ってことになっちゃうんだ。現場に血痕とか争った跡があったなんていう事件性のあるものなら警察も動くんだろうけど。

「そこまでは、私も直接知っていたのです。後は本人が出てきてくれて、相談でもしてくれれば何らかの形で動くことは考えるけれども、と」

「じゃあ」

朗にいが言った。

「その後に、父が勝手に動いたということなんですか」

「結果的には勝手にということなんだろうけど、最初は偶然だったんだ」

「偶然？」

　朗にいが首を傾げた。

「私たちの業界でも当然ですが接待とか、そういうので夜の街に出かけることはあります。稲野も例外ではなかった」

　それは、知ってる。お父さんも出張とかも行ってたし。

「ここからは、彼女の失踪から五年ほど経った日に、つまり今から五年ほど前ですね。稲野から直接聞いた話です。そのときには一緒の部署だったのですが違うチームになっていて、たまたま同じ案件で東京に出張になったことがありました。もちろん、東京ですから日帰りです。稀(まれ)に東京でも泊まりの出張もあるんですが、そのときは日帰りでした」

　日帰りの出張も、あった。そういう日は夜遅くなることもあって、僕たちが部屋にいる頃に一人でお母さんがご飯を食べていたりしていた。

「そのとき、稲野が、ちょっと用事があるから、帰りは別で、と言い出しました。それもまぁ、あることです。いくら友人でもいつも一緒ってこともないですから。ですが、そのときは何か、勘のようなものが働いたんですかね。変だな、と感じたんです」

「父の様子にですか」

「そうです。何かを隠しているな、と思いました。胸騒ぎのようなものも感じたんです。このままこいつを一人で行かしてはマズイんじゃないか、というような。それで、後を尾けました」

「バレなかったんですか？」

思わず訊いちゃった。川西さんは苦笑いのような顔をした。

「普段の生活で尾行されるなんて考えないだろう？」

そうか。そうだよね。

「じゃあ、そこで父の別の家庭を、杉下由美江さんと一緒に暮らしていた家を見つけたってことですか」

こくん、って感じで川西さんが頷いた。

「東京の巣鴨です。とげぬき地蔵とかがあるところですね。駅から歩いて少しのところでした。商店街の裏側に小さな飲み屋街があって、そこに建っていた古いアパートの二階です。そこに、稲野が入っていった。出迎えたのが、杉下くんでした」

「子供は？」

栄枝ばあちゃんだ。

「家庭というからには、その家にいたのは杉下由美江さんだけじゃなかったんでしょう。その頃にはもう小さな子供がいたんじゃないんですか？」

　はい、って川西さんは言った。

「そこに、一歳になる女の子がいました」

　一歳の、女の子。

「今は、六歳ですか。名前は優衣ちゃんです。優しいに衣と書きます。小学生になりました」

　優衣ちゃん。

「その子は、間違いなく父と、その由美江さんの子供なんですね？」

　朗にいが訊いた。

「その場で、私は部屋に押しかけ、問い質しました。これはどういうことなんだと。何が起こっているのかと。そして、稲野は間違いなく自分の子供だと言いました」

　その場で、訊いたんだ。

「偶然だったんだと、稲野は言いました。杉下くんを見つけたのは本当に偶然だったと。その日の三年前ほど前に東京に一人で出張に来たときに、たまたま向こうの都合で時間が少し空いてしまった。そこで、会合先の近くだった巣鴨のとげぬき地蔵に来てみた。そこで、ばったり出会したと」

「そこに嘘はないんでしょうね。あの人のことだから」

ばあちゃんが言うと川西さんも頷いた。

「そうでしょう。私もそう思いました。本当に偶然だったのだと。しかし、その偶然をまるで運命のように感じてしまう、考えてしまうのが、稲野という男だったな、と私は気づきました。このまだ若い部下を、そのときにはもう元部下でしたが、救ってあげられるのは自分しかいないのだと思ったのでしょう」

「救うって」

訊いちゃった。

「どういうふうに？　その人はそこで何をやっていたんですか？」

川西さんは、ちょっと首を傾げて、優しい眼で僕を見た。

「彼女は、ホステスをやっていた。ホステスって知ってるよね」

頷いた。知ってる。

「父親は、夜逃げをした。彼女も一緒に連れて行ったんだ。もちろん彼女は大人ではあったけれども、ヤミ金相手だったから身に危険が及ぶと判断したんだろう。彼女もそれに同意して東京に逃げてきた。何とかその小さなアパートを借りられて二人で暮らしていたが、父親はすぐに行方不明になった」

今も、って川西さんは続けた。

「父親はどうなったのかわかっていません。幸いにも借金の催促は彼女のところまでは届いていないようです。今もです。もう十年も経っているからこの先も大丈夫でしょう」

「警察は、何かしてくれたんですか？」

川西さんが首を横に振った。

「何も。事件は起こっていませんからね。そんなものでしょう。ただ、父親については生きているとは考えていないと言っていました」

少しの間、誰も何も言わなかった。僕もなんだかいろんなものがぐるぐる身体の中を駆け回っているようで、それを静めようってしているみたいだった。

「父が」

朗にいが言った。

「彼女を見つけてすぐにそういう関係になったとは思えないんですけど」

「そうだね」

川西さんも大きく頷いた。

「もちろん稲野も最初はそんなことを考えていなかっただろう。何よりもあいつは家庭を大切にしていた。君たちへの愛情に決して嘘や誤魔化しなどはなかった。それは、私も言いたい。決して稲野はそんな男じゃないし、君たちをないがしろにしたわけじゃないんだ」

それは、わかると思う。

今もそう思っているけれど、お父さんは優しい人だった。僕たちをちゃんと育ててくれた。

「彼女の人生を救ってやろうと思った。それは純粋な気持ちだったでしょう。どう救えばいいのかというのは、詰まるところ、お金です。彼女には東京に逃げてきてからの借金があった。父親が作った借金とは別の、逃げ回っている間に作ってしまった借金が。まずはそれを肩代わりしてあげた。おそらくは自分の貯金とか、あるいは自分がちゃんとしたところから借り入れしたのかもしれない。その辺は詳しく訊いていないのですが、ここが」

川西さんが家の中を見回した。

「この家にはなんの問題も起こらずに今まで過ごしてきたのだから、しっかりとやっていたんでしょう。そこは大したものだなと一人の男として思う」

栄枝ばあちゃんが、小さく息を吐いた。

「朗、昭」

「なに？」

「そういう話を、聞いたことあるかい？　借金とかあるいは浮気とかその辺のことで二人が喧嘩していたとかなかったかい？」

朗にいと昭にいが顔を見合わせた。

「まったく」

昭にいが言って、朗にいも頷いた。

「何も聞いていない。そもそも父さんと母さんがそんな雰囲気になっていることは一度もなかったよ」

「俺らの知らないところで何かあったのかもしれないけどさ」

「ケンカしたことなんかないよ。お父さんとお母さんは」

僕も言った。本当に仲が良かったんだ。

「だとしたら、やはり完璧に隠していたのでしょうね」

「そんなことってある？　栄枝ばあちゃん」

朗にいだ。

「あの父さんが別の家庭があることを完全に隠していたなんて。女は男の浮気なんて見抜いちゃうものじゃないの？　見抜かなくても何かを感じるとか」

栄枝ばあちゃんが、少し首を傾げた。

「もう考えてもしょうがないことだけど、麻里がまったく気づいていなかったとしたら、それは研一さんは本当に浮気をしていなかったたってことだろうね」

「どういうこと?」

昭にいが訊いた。

「研一さんにとってはどっちも本気だったたってことだろうさ。本当に真剣に大事に思っていたからこそ、隠しおおせた。その気持ちに何の曇りもなかった。だからこそ麻里は何も気づかなかったってことかね。気づいていなかったとしたら、の話だけどね」

わからないけど、全然わからないけどばあちゃんがそう言うなら、そうかもしれない。川西さんも小さく頷いていた。

「男と女のことだからね」

栄枝ばあちゃんだ。

「助けてあげた男。助けられた女。いつかそんなふうになっちまったんだろうね。わからないでもないさ。自分の家庭が嫌だったとかそんなんでもない。今の今まで誰も知らなかったんだから、由美江さんとやらも、自分が本妻になろうとか、まったく考えていなかったんだろう」

川西さんを見た。

「由美江さんは?　今は何をしているのか、川西さんは知っているのですか?」

「保育士をやっています」

保育士さん。

「彼女はもともと大学でその勉強をしていました。資格も持っていたようです。自分の子供もそこの保育園に預けながら働いていたようです」

「その就職先を探すのも、父が尽力したんですか」

朗にいが言うと、そういうことだろうねって川西さんは言う。そうして、少し疲れたみたいに小さく息を吐いた。

「私が知っていることはこれで全部です。それで、皆さん」

川西さんが僕たちを見回した。

「稲野が亡くなったことを、まだ杉下くんは知らないかもしれない。たぶん知らないでしょう。ひょっとしたら連絡が付かないことを不審に思って会社に電話して知ったかもしれません。そこはわかりませんが、私は事情を知っている者として、彼女に会いに行こうと思っています」

「行くんですか」

「稲野が死んだことを告げにです。少なくとも、娘の優衣ちゃんにとっては、実の父親が死んだわけですから、教えないわけにはいかないと思っています」

「僕らの、妹ですよね」

朗にいが言った。そうだった。

「腹違いの妹、って言うんだよな」

昭にいが言った。そう、そう言うんだ。

「そうだね。確かに」

栄枝ばあちゃんが、頷いた。

「もしも、杉下くんや優衣ちゃんが、せめてお線香を上げたいと言ってきたら、どうしましょうか。そもそも私が稲野が死んだことを告げに行っていいでしょうか。それを皆さんに確認したかったのです」

川西さんが、真剣な顔をした。

「一人の男として、稲野の友人としてはきちんとお別れさせてあげたい。しかし、遺族の皆さんの思いも汲みたい。いかがでしょうか」

八、父親と男って、なんだろうな

長男　稲野朗

川西(かわにし)さんは、できれば今週末にでも東京に行きたいって言っていた。仕事でまた海外に行かなきゃならないそうだ。その前に、一度杉下(すぎした)さんに会ってきたいって。それは、事情を知っている男のけじめというか、そういうものとして。

僕たちが出す結論を聞いてから、どうやって彼女に会うか決めるって。つまり、僕たちの中から誰かが一緒に行くとか、行かないとか、線香(せんこう)も上げさせないといけないとか、その他もろもろ。

要するに、僕たちがどうしたいかを尊重(そんちょう)するって。

川西さんが帰った後に、話し合った。今夜中に結論を出して、僕から川西さんに電話することにした。

何だか僕たち兄弟は父さんと母さんが死んでしまってからは、いつも話し合っている気がする。それは全然悪いことじゃないだろうし、むしろ良いことだと思うんだけど。

　父さんに、他に女がいた。

　別の家庭を持っていた。

　とんでもないことだ。きっと僕の小中高大のクラスメイトを全員引っ繰り返してもそこにそんな父親を持った人はいないいんじゃないか。いたとしてもたぶん一人とか二人とか、そんな感じじゃないのか。

　別の奥さんと、子供。もちろん結婚はしてないいんだから正式な奥さんではないけれども、子供は、間違いなく父さんの子供で、そして僕たちとは血の繋がった、妹。

「意外と平気、って言うかさ」

　昭が言った。

「なんか、俺たちスゴくないか？　親父たちが死んじゃってからいろんなのが出てきてさ。もう驚かないって言うかさ」

　笑ってしまった。

「驚いたけど、ショックみたいなのはないかも」

　幸も言う。

「お父さんとお母さんがいなくなったショックに比べたら、全然平気みたいな気がする」

「そうかもな」

両親がいっぺんに事故死する。それに比べたら隠し子がいたことなんて、マジかよって思うだけで、何も考えられなくなるほどのショックじゃないね。

幸が少し笑みを見せて言う。

「会ってみたい気もする。本当に妹なんだよね。僕たちの」

「妹だよ。血の繋がった」

「その〈血の繋がった〉ってのがな。もうドラマっぽくて笑っちゃうよな」

「笑えないだろ」

「いや笑わないけどさ。だって妹だぜ？　俺カワイイ妹かキレイなお姉さんが欲しかったなって思ったことあるしさ」

栄枝ばあちゃんが笑った。

「やっぱりそういうもんかい」

「それは僕だってそうだ」

「僕も」

男三人の兄弟だったんだ。家の中には母親を除いて男しかいなかった。友達の家に行ってお姉さんや妹さんが優しかったり可愛かったりしたら、いいなぁ、って思ったことは何度もある。男兄弟の家は、大体そんなもんじゃないか。反対に姉妹だけの家の子供たちはカッコいいお兄さんやカワイイ弟が欲しかったと思うんじゃないか。

栄枝ばあちゃんが、小さく息を吐いた。

「問題が起こるかもしれないのは、わかっているよね」

頷いた。三人とも頷いて、顔を見合わせた。

わかってる。

「認知の問題だよね？」

「そうだね」

「間違いなく親父の子供だってことがはっきりしてるなら、優衣ちゃんだっけ？　その子にだって親父の財産の分与を受ける権利があるんだよな？」

そうだね、ってばあちゃんが言った。

「詳しい法律がどうなっているかは、確かめないとわからないけれど、確かそのはずだよ。優衣ちゃんにはその権利があるはずさ」

「それはもう、いいじゃん」

昭が言う。

「向こうが権利を主張してきてもこなくても、わかっちゃったんだからさ。ちゃんとしてやればいいだけさ。そうだろ？　朗にい」

「そうだな」

　幸も頷いた。

「そうだよ」

「あれだよね、栄枝ばあちゃん。向こうがいらないって言っても、ちゃんと権利があるんだから渡さなきゃならないんだよね」

「そこはあたしにはわからないよ。弁護士さんとかに頼むのがいちばんいいだろうね」

「会社の弁護士さん、いたよね。お父さんの」

「いたな」

　そうだ。父さんと母さんが死んだときにも、会社としての手続きでいろいろ話を聞かせてくれた。正直どんな話をしたかはあんまり覚えていないんだけれど、とにかくきちんとしてくれたはずだ。

「あたしも会ってるからね。名刺もあるし、何よりも川西さんがいるんだからそこは大丈夫だろうさ。だから」

　ばあちゃんが僕たちを見回した。

「あたしの気持ちとかは全然考えなくていいよ。どのみちあたしとその子は血の繋がりはないんだから」

「そうなの？　あ、そうか」

幸が納得したように手を叩いた。

「優衣ちゃんは、お父さんとしか血の繋がりがないんだから、栄枝ばあちゃんとは繋がっていないんだ」

「そういうことだね。もちろん、その優衣ちゃんがね。もしもあたしたちと会うことになって、あたしのことを〈おばあちゃん〉と呼んでくれるのなら、とんでもないことだけど一緒に住むなんてことになったとしたら、お前たちと同じように可愛がるさ。子供に罪はないんだ。そこは心配しなくていいけどね」

一緒に住む。

「そうか、そういうこともありうるか」

「可能性で言えばね」

ばあちゃんが頷いた。

「本当に極端な話だけど、杉下さんが優衣ちゃんがまだ小さいうちに亡くなってしまった、なんてことになれば身内はお前たちだけになってしまう可能性はあるだろうね。血縁だけで言えば、杉下さんのご両親にだって親戚はいるんだろうけど」

「全然あてにならないってことか」

昭が言う。

「おそらくね。杉下さんの父親の借金の関係で、たぶん親戚やきょうだいがいたとしても没交渉だろうさ。幼い優衣ちゃんをお前たちが面倒見ないと、どこかの施設行きってことになっちまうだろうね」

「極端なケースはね」

「あくまでもね。ただ、お前たちは研一さんの遺したもののせいで、そういう責任を背負ってしまったってことさ。そこは、きちんと考えないとね」

責任か。そういうことになってしまうか。

「まぁでも」

ばあちゃんが、少し微笑んだ。

「お前たちに何か罪があるわけでもない。親の不始末なんか何もかも放り出したって誰もお前たちを責めやしないよ。後は、お前たちの気持ちだけさ。会いに行くのか、行かないのか。放っておいて法的なことは全部然るべきところに任せるのかどうするのか。三人で決めなさい」

昭と幸が僕を見た。

「会いに行ってくるよ。僕が」

うん、って昭も幸も頷いた。

「俺も会ってみたいけど、大勢で行くのもなんだしな」

「僕も会いたい。でも、向こうは会いたくないかもしれないし」

「優衣ちゃんは小学一年生だろ？　そんなふうには思わないさ。会いたくないとしたらお母さんの方だろ」

「そんなことはないだろうね」

　ばあちゃんが言った。

「今まで、日陰の身としてもずっと研一さんを愛してきたんだろうさ。その人の息子であるあんたたちを嫌うなんてことは、向こうはないだろう。会うのが恐いとは思っていてもね」

「じゃあさ、朗にい、もしもさ、向こうが会ってもいいって言ったらさ、連れてきてよ」

「それな」

　昭が、仏壇の方を見た。

「きっと、言ってくると思うぜ。親父に会いたいってさ。いや、おふくろのこともあるから来ないかな？」

　わかんないけど。

「来たいって言ったら、いいよな」

「いい」

昭と幸が、しっかりと頷きながら言った。

☆

横浜駅から東京へは、電車で三十分とか四十分とかそんなものだ。近いといえば近いけど、じゃあ東京によく遊びに行くかって訊かれたら、そうでもない。こっちでやっていない展覧会とか、コンサートとか、そういうのを観に行ったりすることは結構あるけど、普段はほとんど行かない。

だから、巣鴨ってところが東京のどの辺にあるのかも知らなかったので一応調べて、あぁこの辺かって思っていた。

日曜日の午前十時。

横浜駅で川西さんと待ち合わせて電車に乗った。川西さんはブルーのジャケットにジーンズで、かなり若々しいっていうか、この人センスいいよなぁって改めて思った。父さんなんかはファッションにまるで無頓着だったけど。

「朝早くから済まないね」

「いいえ」

僕たちの結論を、昨日電話で川西さんに伝えた。

父さんと杉下さんのことは、怒ったり憎んだり悲しんだりはしていない。僕が代表して会いに行く。会いに行くのは単純に妹に会いたいから。君には兄貴が三人もいるんだよ、と伝えたいから。そして、もしも杉下さんが、優衣ちゃんが望むなら、僕たちはこれから兄と妹として過ごしてもいい。

でも、それは全部杉下さんの思いを聞いてからだ。

だから、最初は川西さんだけで会う。僕は近くで待ってる。杉下さんが会いたくないし、優衣ちゃんにも会ってほしくないって言うならそのまま帰る。

そういうふうにした。

「昨日の電話でも言ったけど、僕自身、彼女にどうやって連絡をつければいいものか迷っていてね」

頷いた。

川西さんは杉下さんの連絡先を知らなかったんだ。スマホの番号とか、あるいは固定電話とか。住所はわかっているから手紙とか電報っていう手段はあるけれど、それはどうかって。

たぶん、父さんのスマホには杉下さんの電話番号が入っていたんだろうけど、事故で完全に壊れていたのでどうしようもなかった。

　もちろん、家にあった父さんと母さんの住所録には杉下さんの名前はなかった。念のために父さんの部屋にあった名刺入れを全部探したけど、やっぱり杉下さんの今の名刺みたいなものはなかった。

　だから、直接家を訪ねる。

　働いている保育園もわかっているので、そのどちらかに行けば今日中には必ず会えるだろうっていう、結構出たとこ勝負な感じ。

　電車は意外と空いていた。二人で並んで青いシートに座った。

「東京にはよく行くのかい」

「いや、あんまり行かないです。大学もこっちなので」

「そうか」

　疑問というか、確認したいことがあった。

「あの、杉下さんのことなんですけど」

「うん」

「父さんが東京に出張に行くことはそんなになかったと思うんです。ずっと思い出していたんですけど、一年に一回か二回、あるかないかじゃないかって」

　どういうふうに、父さんと杉下さんは、そして優衣ちゃんは家族としてやっていたのか。

川西さんは、小さく頷いた。

「そこは詳しくは話さなかったけれど、一ヶ月に一回は行くようにしていたみたいだ」

「一ヶ月に一回」

「時間をやりくりしたんだろう。それこそこうやって電車に乗れば小一時間で着く距離だ。営業職だったあいつはその気になれば昼間にそうやって動ける。彼女の職場も知っていたし、保育園の方でも、稲野を父親としていたんだから、昼間に子供に会いに行っても問題はない」

「そうですか」

別の家族っていう言葉が、何か急に頭にしっかりセロハンテープみたいに張り付いたような気がした。

「本当に、別の家族でいたんですね」

「家族だった。名字こそ違うがいわゆる事実婚をしていた。そうやって周囲に家族として認めてもらっていたそうだ」

父さんが死んでまだ二ヶ月は経っていない。

「連絡取れないことを、おかしいって思っていますよねきっと」

「思っているだろうね。しかし出来る範囲で、変に思われないように確認したが、会社に稲野あてに女性からの電話が掛かってきたことはないようだ。そういうことはたぶんしないはずだ。稲野も言っていた。会社に電話するとか、そういうことは絶対にない、とね」

「つまり、自分たちのことを周囲に知られないように、ひっそりと暮らしていたってことですね」

「そういうことだ。そこは、稲野も慎重（しんちょう）な男だし、彼女もそういう女性だ。それは私も知っているよ。彼女は、杉下くんは大人（おとな）しくて、そして真面目（まじめ）でしっかりしている。なので」

僕を見た。

「彼女が君たち家族に不利益になるようなことはしないと思ってはいる」

まだ会ったこともない女性だけど、父さんと一緒になるような人ならそうなんじゃないかって思う。

「たぶん父さんのスマホにメールとか送ってますよね」

「たぶんね。あいつはＬＩＮＥもやってなかったろう？」

「やってません」

もちろん、TwitterもFacebookもＳＮＳはまったくしてない。

「電話と、メールだけです」

川西さんは、溜息をついた。

「きっと、心配しているし、不安にも思っているだろう」

「ですよね」

子供の父親に、自分の愛する人にまったく連絡が取れなくなっているんだ。捜し回ってもおかしくないけど、それが出来ないいんだ。

「お訊きするのを忘れていたんですけど」

「なんだい」

「川西さんも、ご家族がいらっしゃるんですよね」

あぁ、って笑った。

「そうだったね。うっかりしてた。いるよ。妻と子供が。娘が一人だけど、今はもう大学も卒業して社会人だ。三年目かな」

娘さんか。

「東京にいるんだ」

「一人暮らしですか」

「いや、あぁ一人暮らしではあるけれど、会社の独身寮にいるんでね。マンションみたいなところだけど、管理人もいるし同僚もたくさん一緒に住んでいるしでね。まぁ親としては安心だよ」

保育園は、基本的には日曜日は休みのはずだ。でも、川西さんの話では日曜日にどうしても子供を預かってほしい人たちのための休日保育とか、一時保育っていう制度があるらしい。なので、もしも家に行って、いなかったら、保育園へ行ってみる。

東京に着いて山手線に乗って巣鴨駅で降りた。

特に珍しい駅じゃなくて、普通の駅だった。おじいちゃんおばあちゃんが多いって話だけど、駅から歩いていたら確かにおじいちゃんおばあちゃんが多いような気がした。

「歩いて、五分もかからないよ」

「はい」

広い道路を渡って、商店街みたいなところに入っていった。とげぬき地蔵っていうのがあって、住宅街があって。

「そこだ」

アパートだった。二階建ての本当に普通のアパート。結構古い感じだけどボロボロな感じはない。ちゃんと掃除とかされてる雰囲気だ。嫌な感じは全然ない。

「一階の、奥だ」

川西さんが指差した。

「じゃあ、僕はあそこで待ってます」

「うん」

アパートの手前にウィークリーマンションがあって、そこの前に自販機があったんだ。そこでならぼんやり立っててもあまりおかしくないと思うし、杉下さんの部屋のドアが開いても、僕の姿は見えない。

「電話するから」

「はい」

軽く走って、自販機のところに着いた。ついでに何か一口飲もうかなって思ってどれにしようか考えていたら、すぐに電話が鳴った。

入れたばかりの川西さんの表示。

「はい」

『来ていいよ』

「いたんですね？」

『在宅していた。優衣ちゃんもいる』

「行きます」

歩き出しながら言った。ほんの十歩ぐらい歩いたところで、部屋のドアの前で待っている川西さんの姿が見えた。

ドアは開いていた。そこに、小さな女の子の姿があった。その後ろに、女性の姿。女の子はピンクと白のボーダーの可愛い服を着ていて、お母さんにぴったりくっついている。杉下さんは、白いゆったりとしたブラウスにジーンズだ。

ゆっくり歩いて、手前で立ち止まった。

「初めまして」

頭を下げた。最初に言う言葉は決めていたんだ。

「稲野朗と言います。朗は、朗らかと書く朗です」

決めていたってほどでもない。初めて会う人に名前の漢字を説明するときには、必ず言うセリフだ。でも、結構評判いいんだ。

本当に朗らかって感じですよねって言われる。

杉下さんは、明らかに緊張していた。

緊張じゃないのかもしれない。悪い予感に、表情が強ばっていたのかもしれない。

部屋は、普通だった。

玄関を入ってすぐ横に台所があって食卓テーブルが置いてあった。その奥に居間があってその隣の襖の向こうはたぶん寝室。ひょっとしたら優衣ちゃんの勉強机も置いてあるんじゃないか。

居間に小さなテーブルと小さなソファはあった。でも、男二人で座るには狭過ぎるので、川西さんも僕も床に座った。

優衣ちゃんは、とても可愛い女の子だ。ちょっと丸顔で、眼がパッチリしている。髪の毛を長くしていて後ろで縛っていた。お母さん似だ。

父さんに似ているところは、たぶんないと思うけど、口元と顎のラインが似てると思えば似ているかもしれない。

杉下由美江さんは、川西さんの言っていた通り、大人しそうな女性だった。でも、保育士さんって考えるとそんな感じだった。子供好きで、優しくて、そして楽しく子供と接してくれそうな女性。

川西さんは、会うのはこれで三回目だって言っていた。最初に会ったときと、一年ぐらい前に父さんと一緒に会ったときと。そのときは、変な言い方だけど、杉下さんがちゃんと暮らしていけているのか、子供も元気でいるのか心配で確かめに来たそうだ。

杉下さんが僕たちにお茶を淹れている間、優衣ちゃんはニコニコしながら椅子に座って、恥ずかしそうにしながらも僕たちを見ていた。

「優衣ちゃんって言うんだよね」

そう言ったら、こくん、って頷いた。

「杉下優衣です」

可愛い声だ。そしてはっきりしたいい声だ。優衣ちゃんはひょっとしたら歌が上手いんじゃないか。

「僕は、稲野朗です」

「ろう？」

「うん。朗、っていう名前」

ろう、っておもしろそうに二回繰り返した。

「朗兄ちゃんはね、兄弟が三人なんだ。全部男の子。弟が二人いるんだ」

「三人？」

「そう。男の子ばっかり」

すごい、って笑った。

「優衣はね、きょうだいいないんだ。ひとりっ子」

「そっかー。一年生だよね」

「そうです」

「学校、楽しい？」

「たのしい」

まだ恥ずかしがっている。でも、ちゃんとしっかり大人しくして僕と話をしようとしている。これぐらいの子供と接するのはすっごく久し振りだけど、きちんとしている。優衣ちゃんは良い子なんじゃないか。

どうだろうか。僕は父さんに少しは似ているはずだ。優衣ちゃんは、父さんの顔をちゃんとわかっているだろう。同じような雰囲気を感じ取ってくれるだろうか。

杉下さんが、お茶を持ってきてくれた。

「あの、杉下さん」

「はい」

この人は、まだ緊張している。もしくは、不安がっている。

「駅の近くに、ファミレスありましたよね」

あったんだ。

「あ、はい。あります」

「僕、優衣ちゃんをそこに連れていって、何かパフェとか、そういうの食べさせてあげてもいいですか？」

いずれは知るんだろうけど、優衣ちゃんに父さんが、優衣ちゃんがどういう認識でいたのかはまだわからないけど、死んだことを直接聞かせたくはない。いや聞いてもらわなきゃならないけれど、たぶん泣くであろうお母さんのその姿を見せない方がいいんじゃないかって思った。

ひょっとしたらもう父さんが死んだことを知っているのかもしれないけれども、それでも僕が腹違い（はらちが）の兄とかそういう大人の話を直接ここで一緒に聞かせるのはどうかと思った。

杉下さんは、たぶんわかってくれた。

川西さんも。眼を合わせてから、小さく頷いた。

「それはいいなぁ。優衣ちゃん。パフェとか好きかな？」

うん、って頷いた。

「食べ物のアレルギーとかはないですか？」

「はい、ないです」

「おじさんも一緒にレストランに行きたいんだけど、ちょっとその前にお母さんとお話があるんだ」

優衣ちゃんは、笑顔で、でもちょっと困ったような顔をして首を傾（かし）げてお母さんを見た。

可愛い。仕草（しぐさ）がいちいち可愛い。女の子ってこんな感じなんだ。幸がこれぐらいのときのことを僕はしっかり覚えているけど、やっぱり男の子とは違う。

「お母さん、お話が終わったらすぐにおじさんと一緒にレストランに行くから、お兄ちゃんと先に行っててくれるかな？」

川西さんが優しく笑顔で話しかける。

杉下さんが、優衣ちゃんの手を握った。

「いいよ。今日は特別。何でも好きなもの食べていいよ」

「スゴイ！」

小さな声で言って嬉しそうに笑った。

「朗お兄ちゃんはね、お母さんの親戚だから大丈夫。もしも、誰か友達のお母さんとかに会って訊かれたらそう言ってね」

「しんせき？」

「そう、親戚のお兄さん」

「わかった」

「じゃ、ちょっと着替えよっか。この間買ったピンクのパーカー着るといいよ」

「うん」

優衣ちゃんが隣の部屋に走っていった。

「朗さん」

杉下さんが、テーブルの上に置いてあった自分のスマホを取った。

「人懐（ひとなつ）こいし、元気な子なので大丈夫だとは思いますけど、電話番号をお教えしますから、何かあったら電話を」

「あ、ありがとうございます」

電話番号を交換した。杉下さんのスマホの番号ゲットだ。これで、いつでも連絡が取れる。

「もしも、誰かお知り合いに会ったら、親戚の者だと言うことにします」

頷いた。まさか腹違いの兄妹だとは言えないけれども、ややこしくなりそうだったら本当のことを言えばいい。

「川西さん」

川西さんが頷いた。

「大丈夫。全部、きちんと伝える」

「お願いします。終わったら、電話ください。帰ってきます」

「わかった」

手を繋いで、ファミレスまで歩く。杉下さんが言ってたけど、本当に人懐こい子だと思う。初めて会った僕とすぐに仲良しになれるんだから。

身長差があるから、歩きながら気軽に話が出来ない。

「優衣ちゃんは、お母さんと二人でいるんだね」

「うん、二人ぐらし」

　おお、一年生ならそんな言葉も使うのか。もう少し言葉遣いをちゃんとした方がいいか。

「朗兄ちゃんはね、横浜、っていう街に住んでいるんだよ」

「よこはま知ってる」

「お、知ってる？」

「よこはまマリノスのほんきょち」

　マジか。本拠地って。

「サッカー好きなの？」

「好き。お母さんも好き」

「そっか」

　杉下さん、ひょっとしてどっかのサポーターか。東京ならＦＣ東京とかあるいは東京ヴェルディとかか。

「観にいったりした？　サッカー」

「行ったよ。エフシーとうきょうとコンサドーレさっぽろ。おとうさんと三人で」

　お父さん。

「おとうさんは、どこにいるの？」

ちょっと首を傾げた。

「いっしょには、住んでない。りこんしたの」

離婚。

そうか、離婚した夫婦ということにしているのか。

「ときどき来るよおとうさん」

淋しそうに言ってない。普通に、喋っている。優衣ちゃんにとってお父さんはときどき来る存在で、それが優衣ちゃんにとっては普通なんだ。他の友達とは違うってことを、まだ一年生でははっきりと理解していないのかもしれない。

離婚、か。

父さん。あなたは自分の娘に、そんな立場を与えてしまっていたのか。そうやって、別の家族との時間を過ごしていたのか。

九、三兄弟の僕らは

長男　稲野朗

お葬式をしよう、って。

昭が言ったんだ。

もう一度、六人か七人だけで、うちでお葬式をしてあげた方がいいからそうしようぜ、って。僕が東京で杉下由美江さんと優衣ちゃんに会ってきて、そして帰ってきて全部話した後に。

「葬式？」

「六人か七人？」

「誰の葬式だい？」

僕と幸が声を上げた後に、栄枝ばあちゃんが真面目な顔をして、昭に訊いた。

「親父のに決まってるじゃん」

父さんの葬式。

「いや葬式はもうとっくにやっただろ」

「いやだからさ！」

昭が腕をブン！　と振った。

「杉下さんは、朗にいに謝ったんだよな？　申し訳ありませんでしたって。あなたのお父さんとこんなことになっていてって」

「うん」

謝った。

謝っていた。

☆

優衣ちゃんと近くのファミレスまで歩いたけど、幸いにも優衣ちゃんのことを知ってる人には誰にも会わなくて、優衣ちゃんを連れているあの若い男は誰かしらまさか！　って怪しまれることもなくテーブルにつけた。

どこにでもある、いつものファミレス。安心感がスゴイって思う。ファミレスに人が集まる理由って、ここなら大丈夫だっていうこの安心感を求めてるからなんじゃないか。

優衣ちゃんはパフェを頼んで、僕もついでにケーキセットを頼んで、二人で甘いものを食べながら、いろんな話を聞いた。

いや、優衣ちゃんが自分からしてくれたんだ。

学校では、かずえちゃんやめいちゃんやさえちゃんと仲が良いこと。いつもみんなで遊んでいること。でもこいずみくんがちょっと乱暴するからキライなこと。こいずみくんは先生にも怒られているそうだ。

実はかずえちゃんにもお父さんがいなくて、かずえちゃんはおじいちゃんとおばあちゃんとお母さんの四人で暮らしていること。

お母さんが保育士さんをしているので、学校の帰りにはいつもそこの保育園に行って、そこでお母さんの仕事が終わるまで、他の小さな子供たちと遊んでいること。

もう優衣ちゃんはお姉さんだから、ちゃんと自分より小さい子供の面倒（めんどう）を見ていること。

優衣ちゃんは、本当に何でも僕に話してくれた。

お母さんがこの間お風呂の中でおならをしたことまで。それは僕が墓場まで持っていく秘密にしてあげようと決めたけど、まだまともに話をしていない由美江さんと会ったときに、それを思い出して笑ってしまわないかちょっと心配になったけど。

「優衣ちゃんのおじいちゃんとおばあちゃんは？」

「いないよ」

あっさりと優衣ちゃんは言うので、それでやっぱり由美江さんは他の親類縁者とは没交渉なんだなってわかった。

「じゃあ、家ではいつもお母さんと二人なんだね」

「うん」

「ちょっと淋しいかな」

「ねこちゃんかおうって」

「猫」

うん！　って嬉しそうに頷いた。

「今のアパートはねこちゃんかえないから、こんどねこがかえるアパートを見つけて、そこにひっこし出来たらかおうかって」

「そっか」

猫ちゃん飼えるといいなぁと真剣に思った。

優衣ちゃんは本当に人懐こくて、そして元気でお喋りな女の子で、僕はファミレスに来て三十分弱、ほとんど優衣ちゃんの話を聞いていたんだ。

安心していた。

優衣ちゃんが元気な女の子で。

もしも、もしも、同じ父親を持つ優衣ちゃんが僕たち三兄弟の誰かに似ているところがあるんだとしたら、僕だなって思った。

実は、小さい頃の僕はかなりお喋りな男の子だった、らしい。自分でもちょっとだけ覚えているけど、何かしていなかったら、ずっと誰かに話しかけているような子供だったんだ。母さんも父さんもよくそう言っていた。

弟が、昭が生まれてからはだんだん大人（おとな）しくというか、普通になっていったらしいんだけど。昭も幸も特にお喋りな男の子ではなかったから、きっと優衣ちゃんは、僕と同じだ。

「しんせき、ってなぁに」

「親戚？」

「しんせきのおにいちゃん」

そうか。親戚の意味はよくわかっていなかったか。

「朗兄ちゃんはね、優衣ちゃんのお兄ちゃんだよ」

優衣ちゃんが、ニコニコしながらちょっとだけ首を捻（ひね）った。

「おにいちゃん」

「そう」

「さえちゃんに、おにいちゃんいるよ。六ねんせい」

「朗兄ちゃんは、大学の三年生だ。大学って知ってる？」

「しってる。ちゅうがく、こうこう、だいがく」

「そうそう。朗兄ちゃんは二十一歳」

「にじゅういっさい！」

眼を大きくして喜んだ。

「優衣ちゃんと十五も離れているけど、優衣ちゃんのお兄ちゃんなんだ」

「ろうにいちゃんは、おかあさんの子どもじゃないよ？　きょうだいじゃないよ。いっしょにすんでいないし」

「うん」

そうだ。一緒には住んでいないし、優衣ちゃんのお母さんの子供じゃない。詳しいことを言っても、ちゃんとわかるためにはもう少し時間が必要だろう。

「一緒に住んでいなくても、お兄ちゃんなんだよ。兄妹なんだよ」

川西さんと杉下さんが二人でファミレスに入ってきたときには、僕たちはもう食べ終わっていたから、そのまま四人で杉下さんの部屋まで戻った。

そして、杉下由美江さんが、謝ったんだ。

僕は、謝る必要なんかありませんって言った。むしろ、謝るのは僕の方かもしれないって。

父が、あなた方を放っておいて死んでしまって申し訳ありませんでしたって。

そして、きょとんとしている優衣ちゃんに言った。

さっきも言ったけど、僕は、優衣ちゃんのお兄さんだよって。

血が繋(つな)がった、本当のお兄さん。

だから、三人のお兄ちゃんが優衣ちゃんにはいるんだよって言ったら、優衣ちゃんは嬉しそうな笑顔になった。

ほんとう？　ってお母さんに訊いていた。

笑顔で。

☆

「だからさ」

昭が言った。

「由美江さんと、優衣ちゃんを呼んで、俺たちを入れて六人で。もしも川西(かわにし)さんも来てくれるんなら七人で、もう一度ここで喪服着てきちんと由美江さんと優衣ちゃんにお別れさせてあげようってことだよ」

それで六人か七人なのか。

「お線香上げさせてあげるって言えばいいのに」

幸が少し笑った。

「栄枝ばあちゃんもいいよな？　別に来てもらっても」

ばあちゃんが頷いた。

「あたしのことは良いんだよ。ちゃんとしてあげられるよ。でも本当にいいのかい？　研一さんに線香を上げてもらうってことは、そこには麻里もいるんだけどね」

うん、って昭が大きく頷いた。

「まぁ揉めるんなら、向こうで勝手にやってもらえばいいさ。親父は自業自得じゃん。あの世でおふくろに離婚されたって文句は言えないだろうし、そうなってもこっちには何の影響もないしさ」

笑ってしまった。

「確かにそうだね」

栄枝ばあちゃんが仏壇を見た。

「まぁあの世に行くのは、この中ではあたしがいちばん先だろうから、そのときにはきっちり説明してやるよ。麻里にはね」

そう言って、小さく息を吐いた。

「あの子とは結局わかり合えなかったからね。そこも含めてさ」

それから、少し下を向いて何かを考えていた。

「わからなかったってことは、ないだろうね」

「母さんが？」

そうだよ、ってばあちゃんが頷いた。

「他に女がいて、子供までいることを、麻里が気づかないはずがないと思うよ。そんな気がするね」

「黙っていたってこと？　おふくろは」

昭が言う。

「黙っていたのか、揉めたのか。どっちにしてもお前たちにはこれっぽっちもわからせなかった。それはきっと、あたしとのことがあったからだろうね」

栄枝ばあちゃんと、母さんの確執というか、母子のそういうもの。今はもう真実はわからないんだけど。

「自分の子供たちには、絶対にそういうものを見せない、残さない。そういう覚悟があの子にはあったのかもね。だから、生きている間は何にも起こらなかったのかもしれないね」

　皆で頷いた。

　もう真実は誰にもわからないんだから、そういうことにしておいてもいいかもしれない。母さんは、きっと僕たちを守ってくれたんだろうと。

「じゃあ、いいよな。朗にいも、幸も」

「いいって決めて会いに行ったじゃん」

「ただ線香上げに来るだけじゃなくて、ちゃんと喪服着て、家族としてもう一回やるってことだよ。由美江さんはまぁ正直親父の浮気相手っていうだけで俺らと何も関係ないけど、優衣ちゃんは妹じゃん。そして由美江さんはそのお母さんじゃん。兄妹としてさ、家族として迎えてやろうぜ」

　昭が言う。兄妹として、だって。

「まだ一年生だけど、そういうことって結構残るもんだと思うぜ？　優衣ちゃんのためにさ」

「それはいいけど、だったら将来のこともきちんとしておこうよ」

　幸が言った。

「妹なら、お父さんの子供なんだから、僕たちがきちんと考えてあげなきゃならないことがあるよね？　朗にい」

「あるな」

大事なことが。

由美江さんの仕事もあったので、由美江さんと優衣ちゃんがうちに来られたのは、それから七日後の日曜日だった。

駅まで迎えに行ったら、黒いワンピース姿の由美江さんと、やっぱり黒の可愛い服を着た優衣ちゃんが改札から出てきて、僕を見つけて手を振って嬉しそうに駆け寄ってきてくれた。

「おにいちゃんは？　ほかの」

「家で待ってるよ。優衣ちゃんに会えるのを楽しみにしているから」

川西さんも、改めてそうしたいって、喪服を着て来てくれた。

お坊さんを呼ぶかどうか迷ったんだけど、栄枝ばあちゃんがお経が書いてある冊子を見ながらだったらお経を読めるというのでそうしてもらった。わざわざ呼ぶのもどうかと思っていたので助かった。

それにしてもお経を読めるってスゴイ。ばあちゃんは本当に何でも出来る。

ばあちゃんの読経が終わって、焼香して、仏壇に手を合わせて。

それで、終わりだ。

由美江さんと優衣ちゃんと、そして川西さんのための改めてのお葬式は終わり。ありったけのテーブルを居間に並べて、皆でお寿司(すし)を食べた。

優衣ちゃんは、やっぱり人懐こくて、昭とも幸ともすぐに仲良くなって、いろいろ話していた。そもそも僕より昭や幸の方が子供好きだからね。

栄枝ばあちゃんは、すごく緊張していた由美江さんの隣に座って、昔話をしていた。まだ父さんが若い頃の話だ。それに、川西さんも一緒に。

不倫とか母さんの話は、一切しなかった。ずっと笑顔で、話しかけてあげていた。

「昭」

皆がお寿司を食べ終わる頃に、呼んだ。

「うん？」

「優衣ちゃんに部屋を見せてあげろよ。幸も一緒に。僕の部屋もいいから」

「オッケー」

打ち合わせ済みだから、昭も幸も大きく頷いた。

「優衣ちゃん。二階の兄ちゃんたちの部屋に行こう！」

「うん！」

幸が手を繋いで、三人で二階に上がっていった。

「由美江さん」

「はい」

大した話ではないんだけど。

「この間、優衣ちゃんが猫を飼いたいって話していたんですけど」

「ええ、はい」

何を言われるのかと思って緊張したんだと思う。顔が綻(ほころ)んだ。

「猫が大好きで、いつか猫の飼えるお部屋に引っ越せたら飼おうね、って話していました」

「言ってましたね」

笑顔で由美江さんが頷いた。

「まだ優衣も小さいですから、ペットの世話が出来る頃に引っ越せたらいいな、って思っていましたけど」

「これ、お渡ししておきます」

テーブルの下に隠しておいた封筒を取りだして、テーブルの上に置いた。由美江さんが、それを見て少し眼を細めた。

形からはわからなかったと思う。

「中に、お金が入っています」

由美江さんが驚くように背筋を伸ばした。

「お金？」

「優衣ちゃんの分の一部です。父のお金が入っています」

由美江さんが、唇をまっすぐに結んだ。

「父が亡くなって、保険金とか貯金とか、その他もろもろを、僕ら兄弟で三等分したんです。あ、そこには母の分も入っていて、自分たちの名義の他に共通の通帳も作ったんですけど」

それには、三人がそれぞれ独立するまで共同で使うお金が入っている。

「でも、優衣ちゃんがいることがわかりました。つまり、父の子供は三人じゃなくて四人いたんです」

だから、って続けた。

「父の分だけを、四等分に計算し直しました。これは、ちゃんと弁護士さんに相談して税理士さんに計算してもらったものです」

由美江さんは、唇を引き締めた。少し顔を顰めた。

「私は」

「いや、由美江さん。これは、優衣ちゃんにです。優衣ちゃんは、間違いなく父の子供なんです。優衣ちゃんはこれを受けとる正当な権利を持っているんです。何よりも」

僕が。

僕ら三兄弟が。

「優衣ちゃんに、渡したいんです。だから、優衣ちゃんのお母さんである由美江さんにお預けします。猫ちゃんと住めるアパートへの引っ越し費用ぐらいは、結構簡単に払えると思います」

由美江さんが、唇を少し噛んだ。眼を潤ませた。

「受けとっておきなさいな」

ばあちゃんだ。

「研一さんも、そうしたと思うよ」

「僕も、そうしてほしい」

川西さんも言ってくれた。

「あいつなら、必ずそうしたはずだ。優衣ちゃんのために」

こくん、と、由美江さんは小さく頷いた。

「ありがとうございます」

頭を下げた。

「大切に、優衣のために使います」

そうしてほしいし、由美江さんならきっとそうしてくれる。

「後は、お願いなんですけど」

「何でしょう」

これは本当にお願いだ。

「これからも、ずっと優衣ちゃんと、兄として会わせてください。三人とも、妹が出来て本当に嬉しいんです」

由美江さんが、眼に涙を浮かべながら、大きく頷いた。

「もちろんです。私こそ、お願いします。ありがとうございます」

エピローグ

杉下優衣

高校入学のお祝いだって、三つの贈り物が届いた。

ひとつは、横浜の朗(ろう)兄ちゃんから。可愛(かわい)いトートバッグ。

もうひとつは、札幌(さっぽろ)にいる昭(しょう)兄ちゃんから。万年筆とシャープペンのセット。

もうひとつは、東京にいる幸(こう)兄ちゃんから。五千円分の図書券。

被らないように三人でLINEで話し合って、決めてくれたんだって。全部邪魔(じゃま)にならなくて、しっかり普通に使えるものにしたからって。あ、それと猫のハリーのおやつもたくさん届いた。

高校に入って新しい友達がたくさん出来ていろいろ話すようになって、家族の話をしたときに三人のお兄ちゃんがいるんだって言うと、結構みんな、へー！　って少し驚くんだ。そんなにいっぱい兄弟がいるんだ！　って。

そして、必ず、カッコいいお兄ちゃん？　って訊(き)いてくる。わたしは、三人ともカッコいいよ！　って答える。

朗兄ちゃんは、三十一歳。横浜の大学を出て、そのまま横浜の建設会社で働いていて、真面目でそして本当にイケメンでカッコいい。でもこの間結婚したけどね。お嫁さんもすっごくカワイイ人で、わたしは叔母さんになる日を心待ちにしてるんだ。甥でも姪でもゼッタイにめっちゃ可愛がる。

昭兄ちゃんは、二十七歳。北海道でホテルマンをやっていて、ちょっとワイルドでそして明るくて、頼りがいのあるお兄ちゃん。身体も三人の中でいちばん大きくて、身長は一九〇センチもある。まだ独身でカノジョは絶賛募集中だからよろしくねって。

幸兄ちゃんは、二十四歳。東京のデザイン会社で働いてて、センス良くていつもニコニコしている優しいお兄ちゃん。小さい頃から野球がすっごく上手で、今も趣味は野球。高校生の頃にもう一歩で甲子園！　ってところまで行ったんだけど、残念だった。中学のときから付き合ってるカノジョがいて、もうちょっとしたら結婚すると思う。

え、すっごく年が離れてるね、ってみんな言う。言わない人はきっと何かあるのかなって察してる。

でも、ちゃんと言うんだ。

お母さんが違うんだって。そして余計なことは言わないで、再婚したからなんだって。でも三人ともすっごくわたしを可愛がってくれて、男と付き合うときには必ず俺たちに言うんだぞって。ろくでもない男にお前はやらんからなって。

お父さんみたいじゃん、って笑われる。

そう、お父さん死んじゃったから、お兄ちゃんたちがお父さん代わりでもあるんだって。

言わなくてもいいことは言わなくていいんだ。

本当のことを教えてもらった中学生のときに、お兄ちゃんたちがそう言った。本当に仲の良い友達が出来たときとか、あるいは将来恋人が出来たときにとか、そういうときには言っていいだろうけど、それまでは黙っていればいいって。

自分たちは、再婚して兄妹になったんだって言っておけばいいんだって。お父さんは死んじゃったけど、ずっと兄妹として過ごしているんだって。

本当のことは、教えてもらった中学二年生のときに、理解出来た。

わたしのお母さんは、家庭があるお父さんと不倫してしまって、わたしを産んだ。

でも、ずっとそれを隠して生きてきた。お兄ちゃんたちの家にもずっと黙って、一人で頑張ってわたしを育ててくれていた。

もちろん、お父さんもわたしを大切にしてくれた。

実は、あんまり記憶にはないんだけど、一ヶ月に一回ぐらい来てくれて、一緒にご飯を食べたりお風呂に入ったりしたのは覚えている。

優しいお父さんだった。来る度に何か買ってきてくれた。高いものじゃないけど、服とか、玩具とか、小学校に入るときにはランドセルも買ってくれた。

事故で死んでしまったんだって聞かされたのは、お兄ちゃんたちと初めて会った小学校一年のときで、淋しかったけど、悲しかったけど、泣くことはなかったと思う。あんまり覚えていないんだけど。

わたしには、おばあちゃんもそのときに出来た。

栄枝おばあちゃん。

優しかったけれど、厳しいおばあちゃん。

夏休みとかにお兄ちゃんの家に泊まりに行って一緒に過ごしたときには、いろんなことをわたしに教えてくれた。お掃除の仕方とか、お洗濯の仕方とか、服の畳み方とか、お料理のこととか、いろいろ。着物の着付けまで教えてくれた。

女はね、いつまで経っても女なんだから、そういうことはきちんと覚えておかなきゃダメなんだよって。

わたしはおばあちゃんも大好きだった。栄枝おばあちゃんは、お兄ちゃんたちのお母さんの方のおばあちゃんだから、わたしとは何の血の繋がりもないけれど、あたしのことをおばあちゃんと思ってくれていいんだよって。

その栄枝おばあちゃんは、二年前に天国に行っちゃったけど。

お兄ちゃんたちと、お葬式もきちんとした。

お葬式に出るのは、二回目だった。そのときには、泣いちゃった。もう会えないのが、本当に淋しくて、悲しかった。

朗兄ちゃんの話だと、初めてのお葬式のとき、お父さんが死んじゃったって教えられたとき、わたしはじっと仏壇を見つめていたそうだ。死んでしまったお父さんと、それからその隣の、知らないおばさんの写真を。

それが、お兄ちゃんたちのお母さん。

知っていたのか知らなかったのか、それは誰もわからないそうだ。わたしとお母さんのことをお兄ちゃんたちが知る前に、二人とも事故で死んでしまったから。

お母さんとも話したことがある。

お兄ちゃんたちのお母さんは、知っていたんだろうかって。やっぱりわからないってお母さんは少し悲しそうに言った。

ひどいことをしてしまったとお母さんは言ったけど、でも、お父さんを愛した気持ちに嘘はないんだって。

わたしにはまだわからない感情だと思うんだけど、お母さんの大切なものを、その気持ちを大事にしてあげようって決めている。ゼッタイに自分の出生を恨んだりしないって。お兄ちゃんたちもそう言っている。

自分たちには関係ないことで、血の繋がった兄妹ってことでずっと仲良しでいればいいんだって。

わたしの、自慢の三人のお兄ちゃん。

本書は二〇二〇年三月に刊行された作品を加筆・修正したものです。

著者紹介
小路幸也（しょうじ　ゆきや）
1961年、北海道生まれ。広告制作会社勤務などを経て、2002年に『空を見上げる古い歌を口ずさむ pulp-town fiction』で、第29回メフィスト賞を受賞して翌年デビュー。温かい筆致と優しい目線で描かれた作品は、ミステリから青春小説、家族小説など多岐にわたる。2013年、代表作である「東京バンドワゴン」シリーズがテレビドラマ化される。おもな著書に、「マイ・ディア・ポリスマン」「花咲小路」「駐在日記」「御挨拶」「国道食堂」「蘆野原偲郷」「すべての神様の十月」シリーズ、『明日は結婚式』（祥伝社）、『素晴らしき国 Great Place』（角川春樹事務所）、『東京カウガール』『ロング・ロング・ホリディ』（以上、PHP文芸文庫）などがある。

ＰＨＰ文芸文庫　三兄弟の僕らは

2023年1月24日　第1版第1刷

著　者　小路幸也
発行者　永田貴之
発行所　株式会社ＰＨＰ研究所
東京本部　〒135-8137 江東区豊洲5-6-52
文化事業部　☎03-3520-9620（編集）
普及部　☎03-3520-9630（販売）
京都本部　〒601-8411 京都市南区西九条北ノ内町11
PHP INTERFACE　https://www.php.co.jp/
組　版　朝日メディアインターナショナル株式会社
印刷所　図書印刷株式会社
製本所　東京美術紙工協業組合

ISBN978-4-569-90280-7

PHP文芸文庫

すべての神様の十月（二）

小路幸也 著

貧乏神、福の神、疫病神……。人間の姿をした神様があなたの側に⁉ 八百万の神々とのささやかな関わりと小さな奇跡を描いた連作短篇集。